新文京開發出版股份有限公司

NEW WCDP 新世紀．新視野．新文京 — 精選教科書．考試用書．專業參考書

New Wun Ching Developmental Publishing Co., Ltd.

New Age · New Choice · The Best Selected Educational Publications — NEW WCDP

國文 一

第二版

潘素卿・李宜靜
薛惠琪　編著

編輯大意

一、本書編輯目標，旨在增進學生對中國文學閱讀、欣賞與寫作的能力。

二、本書選文原則，內容上，以情意為主；年代上，特增現代文學的比例，著力於台灣文學的介紹，並擴展讀者對原住文學、女性文學的了解。

三、本書編輯特色，大分為古典文學、現代文學，各以文體流變為歸類依據，同類者依作者時代先後編排。就類型而言，古典文學分為韻文、散文、小說三類；現代文學分為新詩、散文、小說、戲劇四類。

四、每課課文均有「題解」、「作者」、「課文」、「注釋」、「研析」等項。「題解」說明本文出處及旨趣；「作者」介紹作者生平、作品風格及文學地位；「注釋」解釋生難字詞，酌注音讀與典故出處；「研析」解析本文思想、情感、章法、藝術特色。

五、本書標點符號之體例如下：書名用《》；篇名用〈〉。引文用「」；人名、朝代名、地名則於其旁加私名號，如：司馬遷、西漢夏陽人。

六、本書編者不揣淺陋，戮力於斯，感謝詩人渡也協助增修〈澎湖素描〉，其他疏誤之處，尚祈任課教師、博雅之士，惠予指正。

編著者　謹上

目錄

第一課

神話選

題解

神話乃是先民透過幻想，以自然和社會生活為基礎，編織人類生活和願望的故事。本課選錄三篇：〈鯀禹治水〉說明鯀禹父子兩代治水的故事，反映不畏艱鉅、克服自然災害的決心。〈刑天〉以清峻的筆法描寫刑天不屈不撓的抗爭形象。以上二則均選自《山海經》。〈女媧補天〉選自《淮南子》，敘述富有創造精神的大地之母，為兒孫歷盡艱苦，是值得禮敬稱頌的偉大母性的代表。

作者

《山海經》舊說出自於唐虞之際，相傳為禹、益所作，近代學者皆認為是戰國初至漢朝初年，非一人一時之作。全書共十八篇，可分為二部份：〈五藏山經〉五篇，簡稱〈山經〉；〈海外經〉、〈海內經〉各四篇以及〈大荒經〉五篇，共十三篇，簡稱〈海經〉，總稱《山海經》。

《山海經》內容龐雜繁富，包括古代的歷史、地理、神話、傳說、民族、物產、宗教、風俗以及各種奇珍異寶，是部奇異的百科全書，也是保存中國古代神話最多的一部。

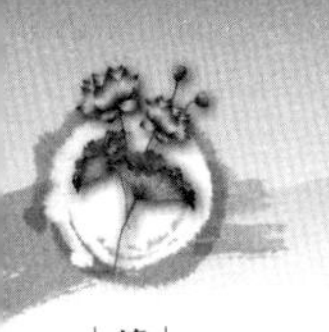

劉安，西漢沛郡豐人，為漢高祖之孫，初封阜陵侯，文帝時襲父封為淮南王，後因謀反，事洩而自殺。為人好讀書鼓琴，善辯博學，才思敏捷。

曾奉詔作《離騷傳》，為我國最早解釋屈原作品的著作。又自招賓客、方術之士數千人，集編〈內書〉、〈外書〉、〈中篇〉，後人稱之《淮南鴻烈》，亦稱《淮南子》。為西漢之文學家、思想家。

課文

鯀禹治水

山海經

洪水滔①天。鯀竊帝②之息壤③以堙洪水，不待帝命。帝令祝融④殺鯀于羽郊⑤。鯀復生⑥禹。帝乃命禹卒布土⑦以定九州⑧。

刑天

山海經

刑天與帝至此爭神，帝斷其首，葬之常羊之山。乃以乳為目，以臍為口，操干戚以舞。

女媧補天

劉安

往古之時，四極⑨廢，九州裂，天不兼覆⑩，地不周載。火爁焱⑪不滅，水浩洋而不息⑫。猛獸食顓民⑬，鷙鳥攫⑭老弱。

於是女媧⑮煉五色石以補蒼天，斷鰲足以立四極，殺黑龍以濟⑯冀州，積蘆灰以止淫水⑰。

蒼天補，四極正，淫水涸，冀州平，狡蟲死，顓民生。

注釋

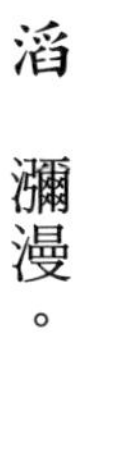

① **滔**　瀰漫。

② **帝**　天帝。

③ **息壤**　不停生長的土壤。

④ **祝融**　火神。《呂氏春秋‧孟夏》：「其神祝融。」注：「祝融，顓頊氏，老童之子吳回也，為高辛氏火正，死為火官之神。」

⑤ **羽郊**　羽山郊野。

⑥ **復生**　復，腹也，從肚中生出。

⑦ **布土**　分布息壤。

⑧ **九州**　古時分天下為九州，即：冀州、兗州、青州、徐州、揚州、荊州、豫州、梁州、雍州。

⑨ **四極**　此處指天之四方極遠處。

⑩ **兼覆**　廣為覆蓋。兼，盡。

⑪ **爁炎**　火勢蔓延的樣子。爁，音ㄌㄢˋ。炎，音ㄧㄢˋ。

⑫ **息**　消除。

⑬ **顓民**　善良百姓。顓，音ㄓㄨㄢ。

⑭ **攫**　鳥以爪抓取。

⑮ **女媧**　傳說中之人類始祖。神話中曾云女媧為伏羲之妹，後二人結為夫妻而繁衍人類，曾在天地開闢時，補天、治水。

⑯ **濟**　乾。

⑰ **淫水**　氾濫之水；洪水。

【研析】

鯀禹治水

本則敘述鯀、禹父子二代治水的事蹟。首先描寫洪水巨烈，於是鯀在急切之中，不待帝命，竊帝息壤，平定水患，於是被殺的經過。鯀死後，腹生禹，禹繼承鯀救民之志，終於平定九州洪患。文中鯀堅毅不撓的正義形象，深深震撼人心，也反映出人類和自然搏鬥無畏無懼的精神。

刑天

本則以「白描」的筆法，將一個抗爭的勇士，刻劃得十分生動。

刑天不依長幼尊卑的秩序，與天帝爭神位，堅持不馴的性格，以剛強的精神屹立不倒。死後復活仍舞干戚，以示反抗，絲毫沒有失敗的悲哀，表達了遠古時代先民渴望掙脫枷鎖，爭取自由而不妥協的精神。

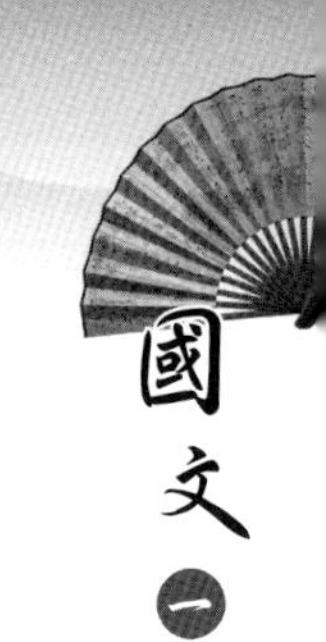

女媧補天

本文首先描述女媧補天的景況，一片蠻荒中，天柱斷裂、洪水氾濫，是既艱辛又壯觀的景象。於是女媧沈穩地補蒼天、立四極、濟冀州、止淫水，奮發而辛勤工作後，拯救人類於水深火熱之中，終於大地平復，人民得以安寧。

文筆質樸自然，刻劃一位充滿智慧、剛毅的偉大女神為兒孫搏鬥的過程，也透露出古代母系社會中婦女的形象，更是對母性的禮讚。

習題

（　）1. 有關神話的產生，下列敘述何者錯誤？ (A)古代先民在想像中編創許多神話和傳說 (B)古代神話是蘊含藝術的創作，也是中國文學的發端 (C)透過古代神話，得以略知遠古歷史 (D)「女媧補天」、「鯀禹治水」、「精衛填海」的故事，最早出現在《淮南子》。

（　）2. 《山海經》一書中，內容不包括哪些部分？ (A)歷史 (B)科學 (C)宗教 (D)地理。

（　）3. 有關《淮南子》作者劉安，以下敘述何者錯誤？ (A)曾襲封「淮南王」 (B)曾作《離騷傳》 (C)西漢文學家、歷史家 (D)集編《淮南鴻烈》。

（　）4. 下列神話人物，何者配合事蹟正確？ (A)后羿——勞苦奔波，平定水患 (B)盤古——開天闢地 (C)刑天——怒撞不周山 (D)鯀——志�大山，感動天神。

（　）5. 〈鯀禹治水〉所要表現的主要精神是什麼？ (A)鯀治水佳績 (B)禹繼承父志 (C)天帝的權威 (D)鯀的堅毅正義。

（　）6. 下列選項，何者有錯別字？ (A)竊帝之息壤以煙洪水 (B)火爁焱不滅，水浩洋不息 (C)天不兼負，地不周載 (D)刑天操干戚以舞。

（　）7. 下列選項「　」內的讀音，何者兩兩相同？ (A)「爁」焱／「濫」觴 (B)女「媧」／「蝸」牛 (C)「攫」取／「懼」怕 (D)「顓」民／「惴」慄。

（　）8. 下列選項，何者讀音錯誤？ (A)「狡」蟲：ㄐㄧㄠˇ (B)「淫」水：ㄧㄥˊ (C)乾「涸」：ㄏㄜˊ (D)「鰲」足：ㄠˊ。

（　）9. 神話故事中不含何種思想？ (A)先民幻想 (B)克服自然 (C)順應自然 (D)編織希望。

（　）10. 《山海經》以下敘述何者錯誤？ (A)非一人一時之作 (B)成書時代約是唐朝 (C)包括〈山經〉和〈海經〉 (D)是部百科全書。

第二課

碩鼠

題解

本課選自〈魏風〉，以大老鼠為喻，諷刺貴族統治者橫徵暴斂的貪婪冷酷，並抒發對幸福國度的嚮往。

作者

《詩經》是我國最早的一部詩歌總集，收錄西周初年至春秋中期（西元前十二世紀至前六世紀），前後約五、六百年作品。

《詩經》共三百一十一篇，其中六篇有目無辭，故今實存三百零五篇。其內容可分為〈風〉、〈雅〉、〈頌〉三類；〈風〉為民俗歌謠之詩，依地域分為周南、召南、邶、鄘、衛、王、鄭、齊、魏、唐、秦、陳、檜、曹、豳十五國風。〈雅〉分〈大雅〉和〈小雅〉，〈大雅〉為朝會之樂，〈小雅〉則為宴饗之樂；〈頌〉分〈周頌〉、〈魯頌〉、〈商頌〉，為宗廟祭祀的樂歌，用來追述祖先歷史，兼以歌功頌德。

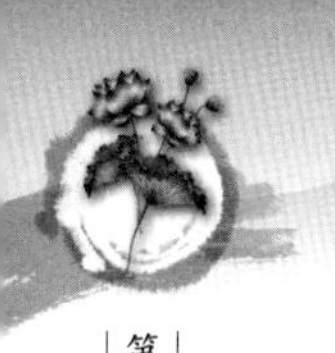

《詩經》中的作品，絕大部份產生於黃河流域，故為北方文學的代表；又除少數提及作者外，其餘均非一時一地一人所作，作者不可考查。

《詩經》經秦火後，至漢復傳；傳《詩》者有魯、齊、韓、毛共四家。魯人申培所傳為《魯詩》，齊人轅固所傳為《齊詩》，燕人韓嬰所傳為《韓詩》，魯人毛亨所傳為《毛詩》。《魯》、《齊》、《韓》詩三家為今文經，皆已先後亡佚；《毛詩》為古文經，現今仍為流傳。

課文

碩　鼠

碩鼠碩鼠①，無食我黍！三歲貫②女，莫我肯顧③。

逝④將去女，適彼樂土。樂土樂土，爰⑤得我所。

碩鼠碩鼠，無食我麥！三歲貫女，莫我肯德⑥。
逝將去女，適彼樂國。樂國樂國，爰得我直⑦。
碩鼠碩鼠，無食我苗！三歲貫女，莫我肯勞⑧。
逝將去女，適彼樂郊。樂郊樂郊，誰之永號⑨。

①**碩鼠** 大田鼠。
②**貫** 同「慣」，縱容之意。
③**莫我肯顧** 不肯眷顧我。
④**逝** 同「誓」，發誓。

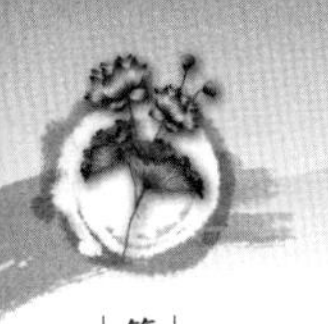

⑤ **爰** 於是。

⑥ **德** 感激。

⑦ **直** 同「值」，值得之意。

⑧ **勞** 慰勞，音ㄌㄠˋ。

⑨ **誰之永號** 之，猶也、還要。謂誰還需要長歎哀號。

研析

碩鼠

此詩是〈魏風〉的第七首。詩中將魏國統治者的重斂貪婪、榨取人民，比喻成大老鼠般，令人民生活困苦不堪而想逃亡異地，另尋樂土。

首章開門見山直斥貴族統治者，坐享人民勞動果實。「三歲貫女，莫我肯顧」，道出多年的勞苦，卻得不到好的照顧，將離開另尋安身之所。

次章，更換「麥」、「德」、「國」、「直」四字，進一步訴說統治者樂享其成，不知體恤，終讓農民無可忍受，決心遠離鄉土，反覆吟詠，無限辛酸怨憎。

末章繼續指控主位者的殘酷，而農民終年得不到慰勞，盼在異國找到永久棲身的樂土，結束痛苦的生活。

全詩是農民坦率的控訴，正所謂「不平而鳴」，亦是「詩言志」的最佳證明。

【習題】

（　）1.《詩經》為中國遺留之最古樂詞，內容分為哪三大類？ (A)風、雅、頌 (B)大雅、中雅、小雅 (C)周頌、魯頌、商頌 (D)《國語》、《左傳》、《戰國策》。

（　）2.《詩經》是中國文學是哪一個朝代的民歌？ (A)漢代 (B)唐代 (C)周代 (D)宋代。

（　）3.《詩經》反映了當代的社會生活，是中國哪一方的文學代表？ (A)南方 (B)北方 (C)東方 (D)西方。

（　）4.〈碩鼠〉一詩，何句看出人民脫離苦海之決心？ (A)碩鼠碩鼠，無食我黍 (B)逝將去女，適彼樂土 (C)三歲貫女，莫我肯德 (D)樂郊樂郊，誰之永號。

（　）5.《詩經》的作法有賦、比、興三種：賦是平鋪直敘，比是比喻，興是聯想。下列詩句，屬於「比」法的選項是： (A)碩鼠碩鼠，無食我黍，三歲貫汝，莫我肯顧 (B)溯洄從之，道阻且長。溯游從之，宛在水中央 (C)蒹葭蒼蒼，白露為霜。所謂伊人，在水一方 (D)靜女其姝，俟我於城隅，愛而不見，搔首踟躕。

（　）6. 關於〈碩鼠〉一詩，下列選項何者錯誤？ (A)全詩運用第三人稱抒情，表達民怨 (B)本詩以「碩鼠」比喻貪婪的統治階層 (C)本詩中「三歲」的「三」是用以喻多之意 (D)本詩中的「莫我肯顧」是倒裝句。

（　）7. 由〈碩鼠〉一詩看來，人民選擇離開故土的原因是： (A)樂土樂土，爰得我所 (B)逝將去女，適彼樂國 (C)三歲貫女，莫我肯顧 (D)樂郊樂郊，誰之永號。

（　）8. 下列選項，何者讀音錯誤？ (A)誰之永「號」：ㄏㄠˊ (B)莫我肯「勞」：ㄌㄠˋ (C)三歲「貫」汝：ㄍㄨㄢˋ (D)逝將去「女」：ㄋㄩˇ。

（　）9. 「三歲貫汝，莫我肯顧，逝將去女，適彼樂土。」隱含時間順序的關係，下列何者沒有時間順序？ (A)窈窕淑女，寤寐求之，求之不得，寤寐思服 (B)投我以木桃，報之以瓊瑤，匪報也，永以為好 (C)桃之夭夭，灼灼其華，之子于歸，宜其室家 (D)江有汜，之子歸，不我以，不我以，其後也悔。

（　）10. 〈碩鼠〉主旨在說明什麼？ (A)諷諭統治者榨取人民血汗 (B)嚮往移往富裕鄰國 (C)說明鼠滿為患，難以定居 (D)抱怨害蟲四處毀害農作。

第三課

國殤

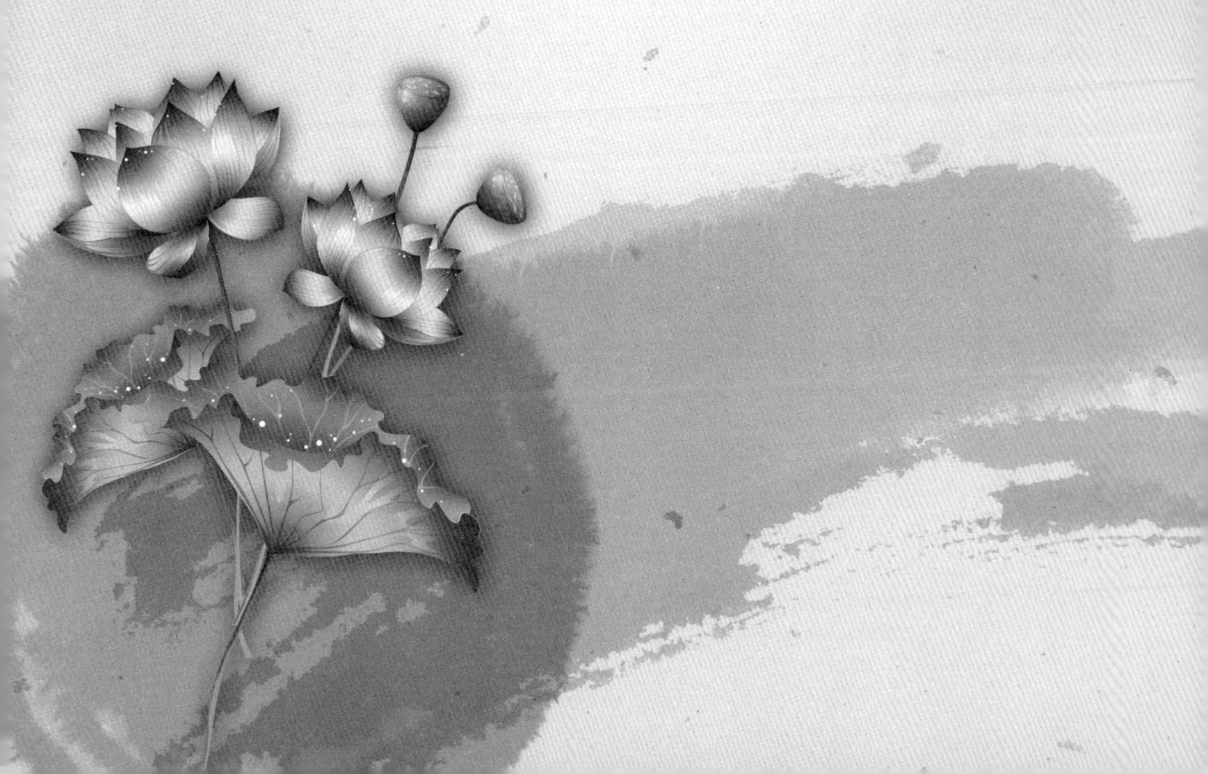

【題解】

「楚辭」即「辭」。楚國人將自己特有的「新詩體」稱作「辭」以和北方文學《詩經》的「詩」，有所區別。楚人稱自己的新詩體為「辭」，不須加上「楚」字，他國人稱楚人的作品則在「辭」上加一「楚」字，以為標誌。此外，也因為楚人的辭作中，「皆書楚語，作楚聲，記楚地，名楚物，故可謂之楚辭」。

「楚辭」又稱「賦」，是東漢班固所命名的。其實「賦」是在「楚辭」的影響下所發展而成的文體，二者在型式上多屬平鋪直述，合乎不歌而誦之意，因此而稱「楚辭」為「賦」，或並稱為「辭賦」。

「楚辭」又稱「騷」，是南朝梁蕭統命名的。「騷」是〈離騷〉的簡稱，因〈離騷〉是「楚辭」的代表作，故以「騷」稱「楚辭」。

本文選自《楚辭》中的〈九歌〉。昔楚南郢之邑，沅湘之間，其俗信鬼而好祠，屈原既放逐，於是更定其辭，是為〈九歌〉。〈九歌〉凡十一篇，〈國殤〉為第十篇，弔死於國事者，亦即是追悼為國犧牲的英勇戰士，讚揚他們慷慨赴義的愛國精神。

作者

屈原，名平，字原，是戰國時楚國的貴族。生於周顯王二十六年（西元前三四三年），約卒於周赧王二十五年（西元前二九〇年），年約五十四。

屈原在楚懷王時任官，掌理同是楚國貴族「昭、景、屈」三姓的譜系，被稱為三閭大夫。後來升任為左徒之官，這是他一生中最得志的時候。對外，他籌畫聯齊抗秦；對內，他致力於政治改革，希望建立法治制度，並主張選賢與能，以代替世襲任官的傳統，但是卻遭到既得利益、安於現狀的親秦派貴族官僚們排擠毀謗，而被懷王放逐到漢北。

後來懷王被秦國詐騙與齊斷交，但又未得到秦國所允諾的六百里地，在攻秦失敗後，才召回屈原。可是懷王最後又被秦國誘騙至武關會盟，而被挾持客死秦國。楚頃襄王繼位，國政仍被親秦派貴族把持，屈原上勸無效，再被放逐到江南。當時，文人在本國不得志而到他國作官的情形是十分平常的，但屈原終不如此。頃襄王二十一年，秦將白起攻入楚都郢城，屈原不忍見到國家之危亡，而自沉於汨羅江。

屈原是我國辭賦之祖，在他滿腹的孤憤與烈火般的愛國情操下，寫下了〈離騷〉等二十五篇作品，不但是時代的反映，也是他內心心靈的吶喊。西漢劉向把屈原、宋玉、東方朔等人的辭作，加上自己的〈九歌〉，合編而成《楚辭》。東漢王逸為《楚辭》作注，並加進自己的〈九思〉，命名為《楚辭章句》。

課文

操吳戈①兮被犀甲②，車錯轂兮短兵接③。旌蔽日兮敵若雲，矢交墜兮士爭先。

凌余陣兮躐余行④，左驂殪兮右刃傷⑤。霾兩輪兮縶四馬⑥，援玉枹⑦兮擊鳴鼓。天時墜兮威靈怒，嚴殺盡兮棄原壄⑧。

出不入兮往不反，平原忽兮路超遠⑨。帶長劍兮挾秦弓，首身離兮心不懲⑩。

誠⑪既勇兮又以武，終剛強兮不可凌。身既死兮神以靈，子魂魄兮為鬼雄⑫。

注釋

① **操吳戈**　操，持也。戈，平頭戟，吳人善製戈。

② **被犀甲**　被，通披。犀甲，以犀牛皮所製之甲。犀，音ㄒㄧ。

③ **車錯轂兮短兵接**　雙方戰車相逼，輪轂交錯，戈矛不便使用，所以用刀劍相接擊。錯，交錯。轂，車輪中心之圓木，音ㄍㄨˇ。

④ **凌余陣兮躐余行**　敵人侵犯我陣地，踐踏我行伍。凌，侵犯。躐，踐踏，音ㄌㄧㄝˋ。行，行伍，音ㄏㄤˊ。

⑤ **左驂殪兮右刃傷**　左驂馬死，右驂馬被刀所傷。驂，古者一車四馬，中二馬謂之服，左右兩旁之馬謂之左驂、右驂，音ㄘㄢ。殪，死也，音ㄧˋ。

⑥ **霾兩輪兮縶四馬**　謂車輪陷於泥中，四匹馬又被絆住不能行動。霾，同埋，音ㄇㄞˊ。縶，繫絆，音ㄓˊ。馬，叶韻ㄇㄨˇ。

⑦ **援玉枹**　拿起玉飾的鼓槌。援，引也。玉枹，玉飾之鼓槌。枹，古者擊鼓，以示進軍，音ㄈㄨ。

⑧ **嚴殺盡兮棄原壄**　指力戰而死，屍骸盡棄原野。嚴殺，壯烈犧牲。壄，古野字，叶韻ㄕㄨˇ。

⑨ **平原忽兮路超遠**　指戰士犧牲，身棄平原，但覺原野空曠蒼茫，魂魄欲歸，卻道路遙遠。忽，空曠無邊。超，遠也。

⑩ **懲**　悔，音ㄔㄥˊ。

⑪ **誠**　實在的意思。

⑫ **子魂魄兮為鬼雄**　烈士之英魂，為鬼中之豪傑。子，男子美稱。

【研析】

〈國殤〉是一首悼念陣亡將士的祭歌，也是一首激昂勇武、鼓舞士氣的戰歌。藉由對悲壯戰鬥場面的描寫，熱烈地頌揚為國死難的英雄。

全文共分四段，首段摹寫與敵人激戰的場面。起初兩軍對壘，嚴陣以待，緊繃的空氣四處流盪，而到短兵相接時，奔放零亂的戰況隨之而起，敵人雖兵眾勢強，但我軍士氣銳不可擋，以眾襯寡，也預埋失敗的伏筆。次段實寫奮勇殺敵的情景，我軍雖敗象已現，廝殺壯烈，卻仍拾起鼓槌擊鼓來壯軍威，表現奮戰不懈的精神。三段盛讚將士不怕征途遙遠，視死如歸而不悔的決心，死後棄屍原野，魂魄難以返鄉的情景，既蒼涼又堅毅。末段，歌頌將士生時威武，死後剛強，必能成為神靈中的英雄，表達無限的崇敬欽佩。

縱觀全文，屈原將此辭寫得慘烈壯麗，又肅穆慷慨，讓人深深領略到，戰爭雖帶來殘酷傷亡，是人類無可避免的厄運，但有時卻也能在黑暗裡尋得神聖光芒、在罪惡中呈現人性美善，同時激發出豪壯與悲涼的情懷。

【習題】

（　）1.〈國殤〉一篇末四句「誠既勇兮又以武，終剛強兮不可凌，身既死兮神以靈，子魂魄兮為鬼雄。」是：(A)人民祝禱之詞　(B)作者歌頌國殤之詞　(C)國殤者自贊之詞　(D)批判戰爭之慘烈。

（　）2.〈國殤〉句中「霾兩輪兮縶四馬，援玉枹兮擊鳴鼓。天時墜兮威靈怒，嚴殺盡兮棄原壄。」上文之韻腳有：(A)四個　(B)三個　(C)兩個　(D)無一個。

（　）3.〈國殤〉句中「首身離兮心不懲」的「懲」字，意思是：(A)罪罰　(B)恐懼　(C)處置　(D)後悔。

（　）4.〈國殤〉句中「出不入兮往不反，平原忽兮路超遠」，「出不入兮往不反」意謂：(A)猶豫不決　(B)一往直前　(C)有後顧之憂　(D)抱堅決死志。

（　）5.〈國殤〉句中「嚴殺盡兮棄原壄」意謂：(A)爭位之戰，殺人遍地　(B)殲滅敵軍，屍骨無存　(C)嚴酷處罰，殺人無赦　(D)為國犧牲，屍骸盡棄原野。

（　）6. 下列「　」內的音義，何者正確？ (A)車錯「轂」兮短兵接：ㄍㄨˇ，車輪中心的圓木 (B)「旌」蔽日兮敵若雲：ㄐㄧㄣ，用羽毛裝飾的旗子 (C)凌余陣兮「躐」余行：ㄌㄧㄝˋ，超越 (D)左驂「殪」兮右刃傷：ㄧ，死。

（　）7. 如果想閱讀屈原的作品，可在下列哪一本書中找到？ (A)《戰國策》 (B)《楚辭》 (C)《左傳》 (D)《呂氏春秋》。

（　）8. 「兩軍皆援盡彈絕，然將士們仍□□□□，展開一場生死的搏鬥。」缺空的成語可以是： (A)搖旗吶喊 (B)短兵相接 (C)戰戰兢兢 (D)追亡逐北。

（　）9. 「兩兵交戰，頓時□□□□，一片昏天暗地。」缺空的成語可以是： (A)凌陣躐行 (B)霾輪縶馬 (C)破釜沉舟 (D)旌旗蔽日。

（　）10. 關於《楚辭》的敘述下列何者為誤？ (A)由多人撰作，集成一書 (B)內容偏重社會寫實 (C)為南方文學的代表 (D)王逸取屈原、宋玉、賈誼等人作品合為一集，加以注釋，合為《楚辭章句》。

第四課

桃花源記

題解

本篇選自《陶淵明集》，乃陶淵明〈桃花源〉詩前的記敘文。作者生於晉、宋之際，對當時混亂的政治、社會，既無力改變，又不願同流合污，因此，藉著漁夫誤入桃花源之奇遇，呈現心目中的理想世界。

作者

陶淵明，一名潛，字元亮，自稱五柳先生，世號靖節先生。潯陽柴桑（今江西九江）人，生於東晉哀帝興寧三年（西元三六五年），卒於南朝宋文帝元嘉四年（西元四二七年），年六十三。

陶淵明是晉名臣陶侃的曾孫，但到陶淵明時，陶家已沒落。從二十九歲始陸續做過江州祭酒、鎮軍參軍等小官，均因志趣不合，不久即離職。四十一歲任彭澤令，在職八十餘日，因「不能為五斗米折腰，拳拳事鄉里小人」而自免去職。此後躬耕田園，以終餘生。

陶淵明詩文直抒性情、質樸自然，表現出對真實自我的執著與追求。歸隱後的作品多反映田園生活，《詩品》稱他為「古今隱逸詩人之宗」，後人更譽為田園詩開山祖師。著有《陶淵明集》。

課文

晉太元①中，武陵人，捕魚為業，緣②溪行，忘路之遠近；忽逢桃花林，夾岸數百步，中無雜樹，芳草鮮美，落英繽紛③；漁人甚異之。復前行，欲窮其林④。林盡水源，便得一山。山有小口，彷彿若有光，便舍船⑤，從口入。

初極狹，纔通人⑥；復行數十步，豁然開朗⑦。土地平曠，屋舍儼然⑧。有良田、美池、桑、竹之屬⑨，阡陌交通⑩，

雞犬相聞。其中往來種作，男女衣著，悉如外人⑪；黃髮垂髫⑫，並怡然自樂。見漁人，乃大驚，問所從來；具答之⑬。便要還家⑭，設酒⑮、殺雞、作食。村中聞有此人，咸來問訊。自云：「先世避秦時亂，率妻子邑人⑯來此絕境⑰，不復出焉，遂與外人間隔。問今是何世？乃不知有漢，無論魏、晉！此人一一為具言所聞⑱，皆歎惋⑲。餘人各復延至其家⑳，皆出酒食。停數日，辭去。此中人語云㉑：「不足㉒為外人道也。」

既出，得其船，便扶向路㉓，處處誌之㉔。及郡下，詣太守㉕，說如此。太守即遣人隨其往，尋向所誌，遂迷不復得路。南陽劉子驥㉖，高尚士也，聞之，欣然規往㉗，未果，尋病終㉘。後遂無問津㉙者。

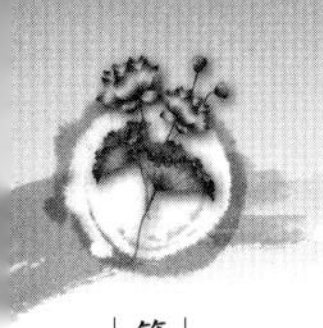

注釋

① **晉太元**　東晉孝武帝年號，共二十一年，西元三七六至三九六年。

② **「緣」溪行**　沿著、順著。

③ **落英繽紛**　落花繁多。英，草木之花；繽紛，繁多貌。

④ **欲「窮」其林**　盡，到盡頭。

⑤ **便「舍」船**　與「捨」通，離開。

⑥ **纔通人**　僅僅能一個人通過。纔，僅僅、才；通人，容一個人通過。

⑦ **豁然開朗**　寬廣通暢明朗。豁，音ㄏㄨㄛˋ。

⑧ **屋舍儼然**　房屋很整齊。儼然，整齊的樣子；儼，音ㄧㄢˇ。

⑨ **有良田、美池、桑竹之「屬」**　類。

⑩ **阡陌交通**　田間道路，交錯相通。東西曰阡，南北曰陌。

⑪ **「悉」如外人**　皆、全。

⑫ **黃髮垂髫** 老人和小孩。黃髮，老人髮由白而黃，《詩經．閟宮》：「黃髮台背」，鄭玄箋：「皆壽徵也」。髫，小孩額前垂下的頭髮，音ㄊㄧㄠˊ。

⑬ **「具」答之** 詳盡、完備。

⑭ **便「要」還家** 邀請，音ㄧㄠ。

⑮ **「設」酒** 準備。

⑯ **邑人** 鄉人。

⑰ **絕境** 與外界隔絕的地方。

⑱ **所聞** 謂漁人所知的外界情形。

⑲ **惋** 驚嘆，音ㄨㄢˋ。

⑳ **「延」至其家** 邀請。

㉑ **此中人「語」云** 告訴，音ㄩˋ。

㉒ **不足** 不值得。

㉓ **扶向路** 沿著先前來的路。扶，沿著、順著。向路，先前來的路。

㉔**處處「誌」之**　做記號。

㉕**「詣」太守**　往見，音一ˋ。

㉖**劉子驥**　名驎之，字子驥，南陽人，不慕名利，喜遊山玩水。《晉書隱逸傳》：「驎之少尚質素，虛退寡欲，不修儀操，人莫之知。好游山澤，志存遁逸。」

㉗**規往**　計畫前往。

㉘**「尋」病終**　不久。

㉙**問津**　尋訪。津，河邊渡口。

研析

本文分為三段：首段寫漁人發現桃花源的經過，次段寫桃花源的景觀與生活，末段寫漁人離去重返，卻迷失原路。

首段「晉太元中，武陵人，以捕魚為業」，明確標示時、地、人、事，這是以實筆建構一個具體的桃花源，但是，當漁人緣溪行「忘路之遠近，忽逢桃花林」時，「忘」、「忽」二字說明進入桃花源乃無心偶遇，與結尾「處處誌之」之有意進入，卻無法重返，筆法上，是以實藏虛。

次段「土地平曠，……，並怡然自樂」節，描繪淳樸安樂的農村與村民，表達嚮往《老子》小國寡民的思想；「先世避秦時亂」，說明村民來此地是躲避亂政，隱約表現出他不滿現實政治；「乃不知有漢，無論魏、晉」，寫出桃花源中「山中無曆日」的遺世逍遙。可見，陶淵明建構的桃花源是祥和的人間世界，並非虛無的仙鄉宮闕。

末段以「後遂無問津者」作結，「後」字涵蓋了自劉子驥死後迄今的世代，暗示桃源已渺，不必再尋。

【習題】

（　）1.「桃花源記」的主旨：(A)藉著農夫誤入武陵，讚美晉朝的桃花源 (B)描寫漁人的現實生活與政治理想 (C)藉著漁人誤入桃花源之奇遇，呈現心目中的理想世界 (D)藉著樵夫誤入武陵，讚美現實世界。

（　）2. 漁人「緣溪行，忘路之遠近，忽逢桃花林」，「忘」、「忽」二字呈現進入桃花源乃：(A)健忘使然 (B)無心偶遇 (C)景同易忘 (D)美景暈眩。

（　）3.「乃不知有漢，無論魏、晉」，寫出桃花源的何種現象？ (A)遺世逍遙 (B)沒讀歷史 (C)天子愛民 (D)不懂數字。

（　）4. 漁人要離開桃花源時，村人說：「不足為外人道也」，乃因：(A)怕桃花神會生氣 (B)桃花源中的人很小氣 (C)胼手胝足的日子很苦 (D)桃花源中的人不願外人騷擾。

（　）5. 下列音義，何者有誤？(A)「詣」太守：往見，音ㄧˋ　(B)此中人「語」云：告訴，音ㄩˋ　(C)歎「惋」：驚嘆，音ㄨㄢˋ　(D)便「要」還家：一定，音ㄧㄠˋ。

（　）6. 漁人離開桃花源，找到船後，為何要「處處誌之」？(A)害怕迷路　(B)希望再回來　(C)為了回去　(D)交通複雜。

（　）7. 「夾岸數百步，中無雜樹，芳草鮮美，□□□□」，缺空的成語是：(A)落英繽紛　(B)阡陌交通　(C)無問津者　(D)屋舍儼然。

（　）8. 關於陶淵明之敘述，何者有誤？(A)自稱五柳先生　(B)後人譽為田園詩開山祖師　(C)詩文直抒性情，質樸自然　(D)桃花源是他的住家。

（　）9. 末段「遂迷不復得路」、「後遂無問津者」二句，暗示作者認為桃花源：(A)可在渡口搭船　(B)可在阡陌問路　(C)渺然難尋　(D)不易迷路。

（　）10. 下列詞義，何者有誤？(A)問津：尋訪　(B)邑人：眾人　(C)便「舍」船：離開　(D)處處「誌」之：做記號。

第五課

騾說

這是一篇討論人才性格的小品，屬於論說文，選自《海峰文集》。主旨在以騾馬喻說人事，以騾的桀驁不馴喻才智之士的恃才傲物，同時以騾「堅不可拔」的性格，反諷世人震懾於威勢下的性格。篇幅雖短，但構思奇特，委婉深致。

作者

劉大櫆，字才甫，號海峰。清代桐城（今安徽省桐城縣）人。生於聖祖康熙三十七年（西元一六九八年），卒於高宗乾隆四十四年（西元一七七九年）。

性直諒，好讀書，工古文。應鄉試，兩中副榜，未中舉人。後應博學宏詞試，為張廷玉所黜，以教書為業，直到老年，默抑以終。大櫆師事古文大家方苞，後啟姚鼐。為文宏肆壯闊，主義法，要求從字句、音節中求得神氣。其對「神氣」、「音節」的理論，影響後世的桐城派作家，與方苞、姚鼐並列為桐城派「三祖」。著有《海峰文集》、《論文偶記》、《評選唐宋八家文鈔》。

課文

乘騎者皆賤騾而貴馬。

夫煦①之以恩，任其然而不然②；迫之以威③，使之然而不得不然者，世之所謂賤者也。煦之以恩，任其然而然；迫之以威，使之然而愈不然；行止④出于其心，而堅不可拔⑤者，世之所謂貴者也。然則⑥，馬賤而騾貴矣。

雖然，今夫軼⑦之而不善，櫝楚⑧以威之而可以入之善⑨者，非人耶⑩？人豈賤于騾哉？

然則，騾之剛愎自用⑪，而自以為不屈也久矣。嗚呼！此騾之所以賤于馬歟？

注釋

①**煦** 溫暖、溫馴。音ㄒㄩˇ。

②**任其然而不然** 放任如此，卻偏不如此。

③**迫之以威** 以威勢強迫牠。

④**行止** 言行舉止。

⑤**堅不可拔** 堅毅不可動搖。拔，動搖、改變。

⑥**然則** 如此說來。

⑦**軼** 通「逸」，放任、放縱。

⑧**檟楚** 皆木名。原為古代用於笞打的一種刑具，此指用來鞭打人畜的木棍。檟，音ㄐㄧㄚˇ。

⑨**入之善** 使牠向善變好。之，於，介詞。

⑩**非人耶** 不就是人嗎？

⑪**剛愎自用** 傲慢固執，自以為是。以騾言之，則是桀驁不馴。愎，任性、固執。音ㄅㄧˋ。

研析

騾是公驢和母馬所生的雜種，體型似馬，但比馬小、比驢大，叫聲像驢，體健力大，耐苦勞，抗病力及適應性強，性格剛烈，能負重致遠，這些特性是本篇發揮的起點。表面看來，本篇在描述騾子的脾氣和性格，實際卻是影射作者桀驁不馴的脾氣和性格。以擬人的手法，體現作者「即物明理」的文學主張。

首段開門見山，從乘騎者的角度提出「騾賤馬貴」的傳統觀點，好駕馭的坐騎就是「貴」，馬的個性較騾為溫馴可人，所以為「貴」，這樣，「賤騾而貴馬」也就理所當然了。騾馬並提，賤貴對比，以拓展以下兩段之論說。

第二段承前，運用翻案手法，從世人的角度，以品人的標準衡量貴賤，將馬、騾擬人化，分別從馬「迫之以威，使之然而不得不然」馴服的個性，甘受奴役，去斷定馬的「賤」；從騾「行止出於其心，而堅不可拔」的性情，去抬舉騾的「貴」。運用對比映襯手法，得到和首段完全相反的結論——「馬賤而騾貴」。

第三段文勢逆轉，再把觀點進一步轉折，巧妙的把騾、馬和人聯繫起來，字面上仍然「馬騾」相映襯、作對照，但在文章脈絡已暗渡陳倉，轉化到人才個性寓意方面去了。言馬之馴服，是御馬者「櫝楚以威」造成的，影射馭馬者是政治的威勢，透過「櫝楚」刑罰的威逼，造成人才的委屈服從，而屈從扭曲的人才，還能夠奔軼其能，揮灑其材嗎？接著再進一步反問，要拿櫝楚來威嚇，才可以向善變好，這不就是我們人嗎？於是歸結出「人難道會比騾子低賤嗎？」的反思。本段文意幾經轉折，可見作者深意。

第四段合，是為本文的結論，表面上提騾子的個性缺陷：「剛愎自用，自以為不屈」，似乎是回應了第一段「馬貴騾賤」的觀點，但事實上是在說自己的個性剛愎自用，虛抑實揚，貶中有褒，隱含反諷世人震懾於威勢下的性格樣貌，言有盡而意無窮。

本文篇幅雖短，但筆法十分簡潔有力，全文變化參差，流暢自然。多用類句作類比，馬與騾賓主相互映襯。除了說服力極強外，作者一生懷才不遇的嫉俗感慨亦躍然紙上。

習題

（　）1. 關於〈騾說〉作者劉大櫆，下列何者錯誤？ (A)古文屬桐城派 (B)師事古文大師方苞 (C)古文主義法，要求從文句、音節中求得神氣 (D)與方苞、顧炎武並列「桐城三祖」。

（　）2. 〈騾說〉一文的主旨為： (A)嘆威勢可懼 (B)嘆人才之難辨 (C)評論馬騾各有貴賤 (D)隱喻馬騾剛柔並濟。

（　）3. 「雖然，今夫軼之而不善」，「軼」之字義為？ (A)遠離 (B)放任 (C)重視 (D)駕車。

（　）4. 〈騾說〉一文中，哪些行為是世人所「貴」的？ (A)煦之以恩，任其然而不然 (B)迫之以威，使之然而愈不然 (C)迫之以威，使之然而不得不然者 (D)剛愎自用，而自以為不屈者。

（　）5. 〈騾說〉一文中，哪些行為是世人所「賤」的？ (A)煦之以恩，任其然而然 (B)迫之以威，使之然而愈不然 (C)迫之以威，使之然而不得不然者 (D)剛愎自用，而自以為不屈者。

(　)6. 下列敘述，何者錯誤？ (A)「夫煦之以恩，任其然而不然；迫之以威，使之然而不得不然」意近於「敬酒不吃，吃罰酒」 (B)「迫之以威，使之然而不得不然者」意近於「道之以政，齊之以刑」 (C)「軼之而不善」意近於「任其然而然」 (D)「檟楚以威之而可以入之善者」意近於「迫之以威，使之然而然」。

(　)7. 〈騾說〉一文，以騾、馬為喻，實際要議論的主題是？ (A)人事 (B)政治 (C)學問 (D)理想實踐。

(　)8. 〈騾說〉一文，作者藉由議論馬、騾，要凸顯人的可貴品格在於： (A)煦之以恩，任其然而不然 (B)迫之以威，使之然而然 (C)行止出於其心，而堅不可拔 (D)檟楚以威之，而可以如善。

(　)9. 〈騾說〉一文，作者以騾的桀驁不馴，暗喻： (A)君子柔亦不茹，剛亦不吐 (B)才智之士的恃才傲物 (C)小人陽奉陰違，敷衍了事 (D)大人嘉善懲惡，賞罰分明。

(　)10. 下列敘述，何者錯誤？ (A)「檟楚」：原為古代刑具 (B)「行止」：言行舉止 (C)「剛愎」：固執己見 (D)「煦」：溫馴，音ㄒㄩㄣˊ。

第六課

新詩選

【題解】

新詩，又稱白話詩或自由詩。民國六年，胡適發表「文學改良芻議」，為中國新文學運動邁出第一步，五四運動之際，新詩成為文學改革中最大的成就。

〈錯誤〉選自《鄭愁予詩集I》，旨在描述女子期待歸人的心情，由於作者的經過，使她誤為歸人。

〈澎湖素描——鎮風塔〉選自《二〇〇四臺灣詩選》。澎湖，古稱「西瀛」、「澎海」、「平湖」，取其位於臺灣西側，週遭波濤洶湧，內海平靜如湖之意。鎮風塔，澎湖因經常籠罩在凜冽的季風與惡劣的天候之下，謀生艱困，居民為了鎮災、制煞、祈福，常會設立石敢當、鎮塔等避邪物，庇護村落，形成澎湖特殊的人文景觀。本詩作者即藉鎮風塔呈現澎湖的歷史與可敬畏的大自然。

作者

鄭愁予，本名鄭文韜，原籍河北，一九三三年生於山東。中興大學畢業後曾任職基隆港務局，一九六八年赴美國愛荷華大學國際寫作中心研究，獲藝術碩士學位，畢業後任教於愛荷華大學、耶魯大學，近年落籍金門，著有詩集《夢土上》、《鄭愁予詩集》、《寂寞的人坐著看花》等。一九九五年獲國家文藝獎新詩獎。

渡也，本名陳啟佑，民國四十二年生於台灣嘉義縣。文化大學中文研究所博士。曾任教國立彰化師範大學、育達商業科技大學華文傳播與創意系。為《台灣詩學季刊》發起人之一。曾獲中興文藝獎章、中華文學獎、全國大學暨獨立學院教學特優教師獎等殊榮。

渡也十六歲開始創作，高中時代與友人合辦《拜燈》詩刊。主張詩的內容不深奧，題材盡量廣闊，關懷民生疾苦，剖析時代滄桑。早期詩作「以單純獨一的意象，做火花式的閃耀」；八〇年代，開始走社會寫實路線；整體而言，詩風詼諧幽默。散文以小品為主，三十三歲前，走唯美路線，此後，勾勒人世，呈現憂鬱沉痛的心情。著有《憤怒的葡萄》、《夢魂不到關山難》、《澎湖的夢都張開翅膀》等。

課文

錯誤

鄭愁予

我打①江南走過
那等在季節裡的容顏如蓮花般開落

東風不來，三月的柳絮②不飛
你的心如小小的寂寞的城
恰若青石的街道向晚③

跫音④不響，三月的春帷⑤不揭
你底心是小小的窗扉⑥緊掩
我達達⑦的馬蹄是美麗的錯誤
我不是歸人，是個過客……

澎湖素描——鎮風塔

渡也

天在煽風⑧，海在煽風
風也在煽風

所有的鎮風塔都團結

一致，瞄準風

向風的軀殼

風的靈魂

開火

向風的前世

風的今生，風的來世

開火

明朝風⑨
清朝風⑩
民國風⑪
荷蘭法國日本風⑫
都在發燒
都在咳嗽，都在
打噴嚏

數百年了
一切都被鎮住了
只有風，沒有被鎮住
只有鎮風塔風獅爺⑬被吹成
風

【注釋】

① **打** 從。

② **柳絮** 柳樹春月開花，種子有白色毛狀物，成熟後隨風飄散，謂之「柳絮」。

③ **向晚**　黃昏時分。向，接近。

④ **跫音**　腳步聲。跫，音ㄑㄩㄥˊ。

⑤ **帷**　蔽遮旁邊的帳子，此指窗簾。

⑥ **窗扉**　窗戶，窗門。扉，門，音ㄈㄟ。

⑦ **達達**　形容馬蹄聲。

⑧ **煽風**　鼓動風。煽，音ㄕㄢ。

⑨ **明朝風**　明朝的風，或澎湖在明朝的風貌。據《續修澎湖縣志・地理志》所述：明太祖鑒於倭寇、海盜為患，禁止國人出海，在洪武二十年（西元一三八七）左右將澎湖徙民墟地；萬曆廿五年（西元一五九七），因豐臣秀吉入侵朝鮮，中國東南海防戒嚴，因此，定期巡防澎湖。可見，明朝對於澎湖的政策，主要著眼於東南沿海的防禦。

⑩ **清朝風**　清朝的風，或澎湖在清朝的風貌。據《續修澎湖縣志・地理志》所述：清康熙廿二年（西元一六八三），施琅率清軍擊敗明鄭軍隊，鄭克塽派員遞送降書，澎湖自此入清版圖。

⑪ **民國風**　民國的風，或澎湖在中華民國的風貌。據《續修澎湖縣志．地理志》所述：民國卅四年（西元一九四五）十月廿五日，日本正式將臺灣及澎湖移交給代表盟軍的中華民國政府；民國卅五年，澎湖縣政府成立，下轄六個鄉鎮。

⑫ **荷蘭法國日本風**　荷蘭、法國、日本的風，或澎湖受荷蘭、法國、日本影響後的風貌。據《續修澎湖縣志．地理志》所述，明萬曆三十二年（西元一六〇四）荷蘭停留澎湖一三一天，天啟二年（西元一六二二）停留兩年，並構築城堡；光緒十一年二月（西元一八八五）清法交戰於澎湖，清敗議和，六月，法軍撤出澎湖，戰後，清廷設總兵、造砲台、築媽宮城；光緒廿一年二月（西元一八九五），清日交戰於澎湖，清敗，日軍於澎湖媽宮城設置「澎湖列島行政廳」，澎湖的近代化建設，如：電力、機械動力，實起於日治時期。

⑬ **風獅爺**　又稱風獅、石獅爺、石獅公，是澎湖、金門、琉球群島等地設立在建物的門口、屋頂或村落高台等處的獅子像，用來替人、家宅、村落鎮風驅邪。

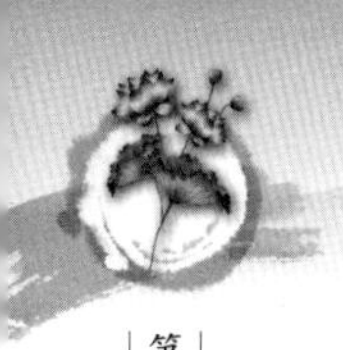

研析

錯誤

本詩分為三段：

首段低兩格書寫，如全詩之序，先寫詩人「走過」，看到女子的容顏如「蓮花的開落」，貌如「蓮花」，喻女子之聖潔；「蓮花的開落」則寫女子希望的燃起與落空。為何詩人的經過，會引發女子心緒的起伏？

次段描寫女子等待愛情的孤寂與堅貞。詩人以「東風」象徵愛情，亦呼應首段「等在季節」的「季節」為春季，下句「三月的柳絮」，具寫「春季」的月份。「柳絮不飛」、「寂寞的城」比喻女子孤寂的心境，「春帷不揭」、「窗扉緊掩」進一步寫女子近乎封閉的堅貞。其中「青石的街道向晚」與「小小的窗扉緊掩」同為倒裝語句，「向晚」置於句末，強調時序，表示又是一天的空等；「緊掩」置於句末，強調封閉，力寫女子的堅貞。

末段說明詩人的馬蹄聲造成「美麗的錯誤」，因為「我不是歸人，是個過客」，以簡潔有力的對比收尾，並呼應首段女子容顏瞬間變化的原因。

澎湖素描——鎮風塔

本詩分為五段：

首段破題說明鎮風塔所以團結一致「瞄準風」，源於天涯海角皆在煽風。

二、三段分述鎮風塔全面向風開戰：向風的軀殼、靈魂，也向風的前世、今生、來世。「開火」一詞，將靜態的鎮風塔轉化成火力十足的砲台，使首段「團結一致」之說，更為具體有力。說鎮風塔「瞄準」風、向風「開火」，幽默的詩語中，隱含島民全力面對風災之艱辛。

四段依時序分寫中外諸國曾在澎湖駐留，時間或有長短，但是史蹟遺風，依稀可尋。所謂「發燒、咳嗽、打噴嚏」，暗示上述外力曾在澎湖造成的風風雨雨。

末段借物詠懷，當時間流逝，鎮風之物亦化為風時，人間萬象，終歸還諸天地。

【習題】

（　）1. 關於新詩之敘述，何者為非？ (A)五四運動之際，為文學改革中最大的成就 (B)又稱自由詩 (C)講究平仄 (D)又稱白話詩。

（　）2. 「青石的街道向晚」，「向晚」置於句末，旨在強調何事？ (A)時序堅貞 (B)謹慎 (C)日落 (D)封閉。

（　）3. 「明朝風／清朝風／民國風／荷蘭法國日本風／都在發燒／都在咳嗽，都在／打噴嚏」，暗示這些外力曾在澎湖造成？ (A)感冒不適 (B)來回踏步 (C)回音干擾 (D)風風雨雨。

（　）4. 「那等在季節裡的容顏如蓮花的開落」，「蓮花的開落」比喻： (A)蓮花在季節裡自然開落 (B)等待中蓮花會自然開落 (C)等待中的容顏如蓮花 (D)希望的燃起與落空。

（　）5. 為何說：「我達達的馬蹄是美麗的錯誤」？因為：(A)我不是騎士，是個歸人 (B)我是騎士，不是農夫 (C)我不是歸人，是個過客 (D)我是獵人，不是過客。

（　）6. 設在建物屋頂或村落高台等處，用來鎮風驅邪的動物圖像是？ (A)雲豹 (B)飛馬 (C)鎮風虎 (D)風獅爺。

（　）7. 下列何者非曾在澎湖駐留的國家： (A)日本 (B)美國 (C)荷蘭 (D)法國。

（　）8. 當「天在煽風，海在煽風／風也在煽風」時，所有鎮風塔在作何事？ (A)逃之夭夭 (B)搖搖晃晃 (C)瞄準風 (D)肅然起敬。

（　）9. 所有鎮風塔團結一致，「向風的前世／風的今生，風的來世」作何事？ (A)煽風 (B)騎馬 (C)開火 (D)掩門。

（　）10. 「你底心如小小的寂寞的城」，「寂寞的城」是比喻何事？ (A)孤寂的心境 (B)安靜的城堡 (C)心如銅牆鐵壁 (D)女子不適應寂寞。

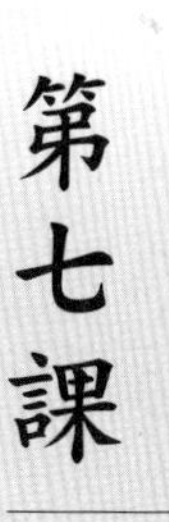

第七課

荷塘月色

題解

本篇為抒情文，選自朱自清《背影》一書，內容敘述作者在月夜裡，獨自前往寧靜的荷塘，生動地描述出心靈對自然細微體察的感受，文句優美，刻畫自然。

作者

朱自清，原名自華，號秋實，後改名自清，字佩弦，祖籍浙江紹興。清光緒二十四年（西元一八九八年）生於江蘇江都縣，卒於民國三十七年（西元一九四八年）。自幼在私塾受傳統文化的薰陶。西元一九二〇年北京大學哲學系畢業後，曾任教於杭州一師、吳淞中國公學、上虞春暉中學、江灣立達學園、清華大學等校，並積極參與新文學運動，創辦《詩》月刊，是新詩誕生時期最早的詩刊。曾遊學歐洲，著作豐富。

作品風格清麗簡潔，語言平易樸實，帶著詩的美感、藝術的意境，有「白話美術文的模範」之譽。著有散文《蹤跡》《背影》《歐遊雜記》《倫敦雜記》《你我》等。

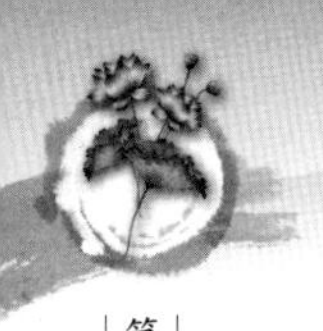

課文

這幾天心裡頗不寧靜。今晚在院子裡坐著乘涼，忽然想起日日走過的荷塘，在這滿月的光裡，總該另有一番樣子吧。月亮漸漸地升高了，牆外馬路上孩子們的歡笑，已經聽不見了；妻在房裡拍著閏兒，迷迷糊糊地哼著眠歌。我悄悄地披上大衫，帶上門出去。

沿著荷塘，是一條曲折的小煤屑路。這是一條幽僻的路；白天也少人走，夜晚更加寂寞。荷塘四面，長著許多樹，蓊蓊鬱鬱①的。路的一旁，是些楊柳，和一些不知道名字的樹。沒有月光的晚上，這路上陰森森的，有些怕人。今晚卻很好，雖然月光也還是淡淡的。

路上只我一個人，背著手踱②著。這一片天地好像是我的；我也像超出了平常的自己，到了另一世界裡。我愛熱鬧，也愛寧靜；愛群居，也愛獨處。像今晚上，一個人在這蒼茫的月下，甚麼都可以想，甚麼都可以不想，便覺是個自由的人。白天裡一定要做的事，一定要說的話，現在都可不理。這是獨處的妙處；我且受用這無邊的荷香月色好了。

曲曲折折的荷塘上面，彌望③的是田田④的葉子。葉子出水很高，像亭亭⑤的舞女的裙。層層的葉子中間，零星地點綴著些白花，有嬝娜⑥地開著的，有羞澀⑦地打著朵兒的；正如一粒粒的明珠，又如碧天裡的星星，又如剛出浴美人。微風過處，送來縷縷⑧清香，彷彿遠處高樓上渺茫的歌聲似的。這時候葉子與花也有一絲的顫動，像閃電般，霎時⑨傳過荷塘那邊去了。葉子本是肩並肩密密地挨著，這便宛然有了一道凝碧的波浪。葉子底下是脈脈⑩的流水，遮住了，不能見一些顏色；而葉子卻更見風致了。

月光如流水一般，靜靜地瀉⑪在這一片葉子和花上。薄薄的青霧浮起在荷塘裡。葉子和花彷彿在牛乳中洗過一樣；又像籠著輕紗的夢。雖然是滿月，天上卻有一層淡淡的雲，所以不能朗照；但我以為這恰是到了好處——酣眠⑫固不可少，小睡也別有風味。月光是隔了樹照過來的，高處叢生的灌木，落下參差的斑駁⑬的黑影，峭楞楞⑭如鬼一般；彎彎的楊柳的稀疏的倩影，卻又像是畫在荷葉上。塘中的月色並不均勻；但光與影有著和諧的旋律，如梵婀玲⑮上奏著的名曲。

荷塘的四面，遠遠近近，高高低低都是樹，而楊柳最多。這些樹將一片荷塘重重圍住；只在小路一旁，漏著幾段空隙，像是特為月光留下的。樹色一例是陰陰的，乍看

像一團煙霧；但楊柳的丰姿⑯，便在煙霧裡也辨得出。樹梢上隱隱約約的是一帶遠山，只有些大意罷了。樹縫裡也漏著一兩點路燈光，沒精打彩的，是渴睡人的眼。這時候最熱鬧的，要數樹上的蟬聲與水裡的蛙聲；但熱鬧是它們的，我什麼也沒有。

注釋

① **蓊蓊鬱鬱** 形容草木茂盛。蓊，草木茂盛貌。蓊，ㄨㄥˇ。

② **踱** 緩步走路。踱，ㄉㄨㄛˋ。

③ **彌望** 滿眼。

④ **田田** 碧綠的樣子。

⑤ **亭亭** 聳立、直立貌。

⑥ **嫋娜** 柔美的樣子。同「嫋娜」「裊娜」音ㄋㄧㄠˇ ㄋㄨㄛˊ。

⑦ **羞澀** 因害羞而舉止不自然。澀，音ㄙㄜˋ。

⑧ **縷縷** 連接不絕。縷：ㄌㄩˇ。

⑨ **霎時** 極短的時間。音，ㄕㄚˋ。

⑩ **脈脈** 含情欲語的樣子。脈，音ㄇㄛˋ。

⑪ **瀉** 水向下流。

⑫ **酣眠** 熟睡。酣，音ㄏㄢ。

⑬ **斑駁** 色彩相雜。

⑭ **峭楞楞** 峭嚴冷刻的樣子。峭，山勢直立而險。楞楞，同「稜稜」威嚴貌，音ㄌㄥˊ。

⑮ **梵婀玲** violin，小提琴。

⑯ **丰姿** 美好的姿態。丰，美好，音ㄈㄥ。

本文共分六段，首段寫作者因心中不平靜，於是獨赴月下荷塘，而展開一段美好的體驗。次段概述寂寞夜晚的荷塘環境。三段描述散步獨處時，由不平靜到思慮自由的心情的轉變。四段描繪荷葉的亭亭玉立和荷花嬝娜動人姿態。五段先寫月光後寫月影，以及光影的律動。六段先描寫荷塘四面的樹、遠山、路燈的景色，最後蟬聲蛙鳴來伴奏，在歡鬧中襯托出夜的寂靜。

全文在既寂寞又熱鬧，既寧靜又活潑的對比氣氛下，交織成一幅視覺及聽覺的美感饗宴。如首句的「這幾天心裡頗不平靜」、「我愛熱鬧，也愛冷靜；愛群居，也愛獨處」、「這時候最熱鬧的，要算是樹上的蟬聲與水裡的蛙聲」「但熱鬧是他們的，我什麼也沒有」，除了強調夜的寂靜外，更顯示作者的寂寞。在修辭方面作者擅用譬喻法，例如荷花「正如一粒粒明珠，又如碧天裡的星星，又如剛出浴美人」，以排比的方式來強化句子的氣勢。尤其絕妙的是感官印象的摹寫，如「微風過處送來縷縷清香，彷彿遠處高樓上渺茫的歌聲」是將嗅覺上的陣陣芬芳，轉為聽覺上斷續的樂音，而「光與影有著和諧的旋律，如梵婀玲上的名曲」又將視覺帶至聽覺，豐富了感官的想像。

和大自然的接觸無疑是心靈解放的良藥，也因此心思能敏銳去領略聲與光、水與月的細微變化，我們跟隨著作者的詩般的緩步，一起進入「仲夏夜之夢」的森林。

【習題】

（　）1. 有關〈荷塘月色〉，下列文句何者不是使用譬喻法？(A)葉子出水很高，像亭亭的舞女的裙　(B)月光如流水一般，靜靜地瀉在這一片葉子和花上　(C)彎彎的楊柳的稀疏的倩影，卻又像是畫在荷葉上　(D)落下參差的斑駁的黑影，峭楞楞如鬼一般。

（　）2. 〈荷塘月色〉文句「曲曲折折的荷塘上面，彌望的是□□的葉子。葉子出水很高，像□□的舞女的裙。□□的葉子中間，零星地點綴著些花……」請依次在□□內填入適當的詞語：(A)亭亭、層層、田田　(B)亭亭、田田、層層　(C)田田、層層、亭亭　(D)田田、亭亭、層層。

（　）3. 〈荷塘月色〉文中，「　」中何者詞性與其他不同？(A)「彌望」的是田田的葉子　(B)靜靜地「瀉」在這一片葉子和花上　(C)葉子與花也有一絲的「顫動」　(D)樹縫裡也「漏」著一兩點路燈光。

（　）4. 〈荷塘月色〉一文中用來形容月色的文句？ (A)彷彿遠處高樓上渺茫的歌聲似的 (B)像閃電般，霎時傳過荷塘的那邊去了 (C)陰陰的，乍看像一團煙霧 (D)如流水一般，靜靜地瀉在這一片葉子和花上。

（　）5. 下列選項，何者採用「通感」的表現手法？ (A)荷塘四面，長著許多樹，蓊蓊鬱鬱的 (B)月光如流水一般，靜靜地瀉在這一片葉子和花上 (C)塘中的月色並不均勻；但光與影有著和諧的旋律，如梵婀玲上奏著的名曲 (D)樹色一例是陰陰的，乍看像一團煙霧。

（　）6. 下列「　」內的字詞，何者解釋不正確？ (A)路上只我一個人，背著手「踱」著：緩慢地走 (B)落下參差的斑駁的黑影，「峭楞楞」如鬼一般：峭嚴冷刻的樣子 (C)葉子底下是「脈脈」的流水：沉默不語的樣子 (D)楊柳「丰姿」：美好姿態。

（　）7. 下列選項「　」中的字音，何者兩兩相同？ (A)「乘」涼／千「乘」之國 (B)煤「屑」／不「屑」一顧 (C)「差」強人意／參「差」不齊 (D)嬝「娜」／蒙「娜」麗莎。

（　）8. 下列選項，何者讀音錯誤？ (A)「蓊」鬱：ㄨㄥ (B)「霎」：ㄕㄚˋ (C)羞「澀」：ㄙㄜˋ (D)「踱」步：ㄉㄨㄛˋ。

（　）9. 下列成語，何者使用正確？ (A)她身著花洋裝，令人「目不暇給」 (B)他總是「蓊鬱鬱」的，常感憂傷 (C)眼看「荷葉田田」，春天已經來臨了 (D)她含辛茹苦撫養的女兒如今已「亭亭玉立」了。

（　）10. 下列有關朱自清的敘述，何者正確？ (A)以浪漫而穠麗的文風著稱 (B)提倡白話文，反對古典文學 (C)新文學初期重要作家，散文尤為知名 (D)著有詩集《背影》、《你我》。

MEMO

第八課

做田

本篇為抒情文，選自《鍾理和全集》。作者透過耕作細節的描寫，將人、事、時、景、物融於一體，構成一幅春天裡活潑的農忙景象，同時在辛苦勞動中，也傳達出農人踏實樂觀的性格，以及對生活的認真、土地的熱愛。全文用語質樸，形象生動，是一篇深刻動人的鄉土文學作品。

作者

鍾理和，屏東高樹人，出生於民國四年（西元一九一五年），因肺疾病逝於民國四十九年（西元一九六〇年），年四十六歲。鍾理和八歲進入日據時期的鹽埔公學校（相當於現今的國民小學），接受日本教育。畢業後，在私塾學習一年半的漢文，奠定中文寫作的基礎，也對於文學創作產生興趣。日後，即使因病纏身，依然不斷創作，至死不渝，後人譽為「倒在血泊裡的筆耕者」。

鍾理和十八歲遷居美濃 尖山，協助父親經營農場，結識妻子鍾台妹。由於兩人同姓，遭到親友反對，於是鍾理和攜妻離開台灣，遠赴當時日本所占領的奉天（即現今中國 瀋陽），再轉赴北平（即現今中國 北京），開始寫作生涯。在北平期間，馬德增書店為鍾理和出版了第一本小說集《夾竹桃》。民國三十四年日本戰敗，台灣光復。鍾理和於次年返回屏東 內埔初中任教。不久，卻因為肺病而辭職。從此之後，鍾理和貧病交迫，然而，這段期間卻也是他文學創作最豐富的時段，〈笠山農場〉、〈雨〉、〈故鄉〉等諸多佳構，都在這段時期完成。

鍾理和文學的最大的特色，就是以樸實誠懇的筆觸，反映台灣農民的堅韌與勤奮，傳達吾鄉吾土的故事與感動，即使平凡並且充滿苦難，但卻洋溢著對生命的虔誠和摯愛。短短四十五年的生涯，仍帶給台灣文學永恆的芬芳。後人編有《鍾理和全集》行世。

課文

尖山洞田①四面環山，除開東邊的中央山脈，其餘三面都是小山岡，大抵土質磽薄②，只生茅茨③。

中央山脈層巒疊嶂④，最外層造林局整理得最好的柚木埋遍了整面山谷，嫩綠而透明，呈著水彩畫的鮮豔顏色；次層是塗抹得最均匀的，鬱鬱蒼蒼⑤的一片深青；最裡層高峰屹立，籠著紫色嵐氣，彷彿仙人穿在身上的道袍，峰頂裹在重重煙靄⑥中，看上去莊嚴，縹緲而且空靈。

天空清藍淨潔，恍如一匹未經漿洗過的丹士林布⑦。太陽剛剛昇出一竹竿高。一朵白雲在前面徘徊著。東南一角更湧起幾柱白中透點淺灰的雲朵。

天，和雲，和山的倒影，靜靜地躺在注滿了水的田隴⑧裡。犁田⑨的人把它們和著土塊帶水犁起，它們就和田裡茂盛的青豆⑩之類糾纏在犁頭上，像圍脖⑪一般，犁走兩步就纏成一大堆，好像整塊田都掛在那裡了，前邊的牛踉踉蹌蹌⑫，並且停下來。

犁擱淺了！

「嘔！」

犁田的人大聲叱喝，舉起牛鞭向空一揮。

「嘔！我揍死你！」

牛一驚，奮勇向前，兩條牛藤拉得就如兩條鋼索，然而好像在地上紮了根，祇是不動。這是難怪呢，天和山都掛到犁頭上來了，怎麼會拉得起！

犁田的人滿臉晦氣⑬，彎腰去清除那些扭纏在一塊的累贅。故是犁又輕快起來了，牛在前面拉得十分有勁，人又有了吹口哨的心情。

犁罷田，便用十三齒耙⑭「打粗坯⑮」。然後拿「盪棍⑯」燙平。至此，一塊田便像一領攤開了的灰色毛毯，又平坦，又燙貼。

這就可以插秧了。

蒔田⑰的人全俯著腰，背向青天，彷彿一隻隻的昆蟲，然而這些昆蟲並不向前進，而是一隻隻的往後退著。男人光著暗紅色的背脊，太陽在那上面激起鋼鐵般的幽鈍的光閃，有如昆蟲的甲殼。然而晨風陣陣吹來了，給人們拂去了逐漸加強的暑熱。

年輕女人做田塍⑱，或砍除田塍及圳溝⑲兩旁的雜草。她們穿著豔麗的花布短衫，腰間用條花帶結紮著，那包在竹笠上的藍洋巾⑳的尾帆，隨風飄揚著。她們一邊做著

活，一邊用山歌和歡笑來裝點年輕活潑的生命。這是一朵一朵的花。這樣的花開遍了整個尖山洞田，把它點綴得十分鮮活可愛。

鵵鷹㉑在人們的頭頂的高空處非非非地鳴叫著，展開了大如車輪的勁翼畫著圓圈，一邊向著藏了野物的大地覓取自己所需要的東西，那是一條蛇，或是一隻死野鼠。在這樣的時候那是很豐富的，祇在田塍上、草叢裡、或小坡上。牠們在半天裡翱翔著、找尋著，小腦袋機警地時而向左，時而向右地注視下面，忽然，牠猛的一擺身，以雷霆萬鈞㉒之勢俯衝直下。再飛起來時，牠的腳邊則已抓著一個很長的東西了。那是蛇，牠於是朝著山崖或樹林飛去。

整個田隴裡由東到西，再由南到北，都充滿著匆忙的人影，明朗快活的笑聲，山歌、小孩的尖叫、鳥鳴和水的無人能解的私語。土腥、草香、汗臭，及爛在田裡的青豆和死了的生物的，那揉在一起的氣味在空氣中飄散著。太陽昇得更高了。

一切都集中於一個快樂而和諧的旋律裡，並朝著一個嚴肅的目的而滾動著，進行著。

那個蒔田班子裡有人唱著恆春小調：

思啊；想伊㉓……。

注釋

① **尖山洞田**　高雄縣美濃東北尖山一帶的田地，地形特殊，穿越兩岸地勢較高的狹長河谷後，轉為平坦、低窪的田地，因此稱為「洞田」。

② **磽薄**　土質堅硬不肥沃。磽，土地堅硬貧瘠。音ㄑㄧㄠ。

③ **茅茨**　泛指雜草。茅，茅草。茨，蒺藜的舊稱。音ㄘˊ。

④ **層巒疊嶂**　形容山峰重疊，連綿不斷的樣子。巒，迂迴連綿的山峰。音ㄌㄨㄢˊ。嶂，形狀像屏風的山峰。音ㄓㄤˋ。

⑤ **鬱鬱蒼蒼**　茂盛的樣子。

⑥ **煙靄**　煙霧、雲氣。靄，音ㄞˇ。

⑦ **丹士林布** 應作「陰丹士林」布。陰丹士林（indanthrene之譯音），是一種人工合成的染料，從西洋傳來。該系列染布耐洗且較不易褪色，有藍、紅、綠等多個色調，民國初年流行藍色陰丹士林布。

⑧ **田隴** 田埂、田間高地。此處泛指田地。隴，通「壟」。音ㄌㄨㄥˇ。

⑨ **犁田** 耕田。犁，耕翻土地所用的農具。

⑩ **青豆** 一種做綠肥的植物。農夫在犁田、插秧前，先在田地上種各種豆類植物，並在其長出豆子之前即砍倒、犁倒，作為田地的肥料。

⑪ **圍脖** 指雜草圍在犁頭兩側。

⑫ **踉踉蹌蹌** 步伐不穩，搖搖晃晃的樣子。踉，音ㄌㄧㄤˋ。蹌，音ㄑㄧㄤˋ。

⑬ **晦氣** 遇事不順利、倒楣。晦，音ㄏㄨㄟˋ。

⑭ **十三齒耙** 農具。上面有十三個尖齒的鐵耙，用來弄碎土塊，整平地面。耙，音ㄆㄚˊ。

⑮ **打粗坯** 粗略把田地整平。坯，音ㄆㄟ。

⑯ **盪棍** 粗大的木棍，由牛拉拽著，壓平田地。

⑰ **蒔田**　插秧。禾苗事先播種，成秧苗後再移植到水田中。蒔，移植。音ㄕˊ。

⑱ **田塍**　田埂。塍，稻田間的路界。音ㄔㄥˊ。

⑲ **圳溝**　灌溉或排水用的溝渠。圳，音ㄗㄨㄣˋ。

⑳ **藍洋巾**　客家婦女工作時，用以包裹頭部的藍色大頭巾，通常為正方形。

㉑ **鷂鷹**　大冠鷲。常見於平原，以捕食蛇類為主，台灣特有亞種猛禽，俗稱「鷂婆」。鷂，音ㄧㄠˋ。

㉒ **雷霆萬鈞**　氣勢磅礴。雷霆，洪大而急發的雷聲。萬鈞，形容其重無比。鈞，三十斤。

㉓ **思啊；想伊**　恒春民謠「思想起」的首句。

研析

本文透過「做田」（耕作）的細節描寫，構成一幅生動的農忙景象，同時在活潑的人、事、景、物交融互動中，鳴奏出「一個快樂而和諧的旋律」。

開頭三段，以層遞的手法寫景，由近而遠，從尖山洞田到山脈層巒，從山林嫩綠到白雲飄飄，鋪陳出農耕旋律的和諧前奏。

接著進入「做田」的細節描寫，工作內容雖然勞力而繁瑣，但作者卻藉由牛「拉得十分有勁」、人「有了吹口哨的心情」、插秧的人「光著暗紅色的脊樑，太陽在那上面激起鋼鐵般的幽鈍的光閃」、田中的年輕女人「一邊做活，一邊唱歌和歡笑」、竹笠上的藍洋巾如花朵的尾帆隨風飄揚、鷂鷹矯健的飛翔迅速的捕獲獵物……等等，渲染出清新活潑的生活氣息──「快樂而和諧的旋律」，這是人與自然共存相依的諧美旋律，也是艱辛汗水與土地共鳴的旋律。

全文流露出農民與自然交融的歡愉，是生命真切動人的喜悅，同時帶著人與土地生生不息的嚴肅主題，朝向未來持續滾動。

習題

（　）1. 下列關於鍾理和及其作品風格的敘述，何者錯誤？ (A)作品反映台灣農民的堅韌與勤奮 (B)語言質樸，形象生動 (C)鄉土文學作家 (D)因貧病交迫，作品中常傳達悲觀的色彩。

（　）2. 〈做田〉一文描寫的是何處的春耕景象？ (A)美濃 (B)雲林 (C)嘉義 (D)屏東高樹。

（　）3. 〈做田〉一文中，插入了鷂鷹捕食小動物的描寫，其用意乃在： (A)展現農村活潑的生命氣息 (B)說明物競天擇的宿命 (C)凸顯尖山洞田的環境惡劣 (D)敘寫農村的食物鏈。

（　）4. 「恍如一匹未經漿洗過的丹士林布」作者以此譬喻天空的： (A)自然如畫 (B)清藍潔淨 (C)烏雲密布 (D)艷陽高照。

（　）5. 下列何者不是女人作田塍、除雜草歡樂氣氛？ (A)穿著豔麗的花布短衫 (B)竹笠上的藍洋巾的屋帆，隨風飄揚著 (C)一邊唱山歌，充滿歡笑 (D)晨風陣陣吹來了，給人們拂去了逐漸加強的暑熱。

（　）6. 有關〈做田〉的文意分析，下列何者正確？ (A)全文流露出一幅春天裡活潑的農忙景象 (B)文中對於色澤的呈現較不重視，略顯單調 (C)「一切都集中於一個快樂而和諧的旋律裡」指出農村的愉快富足 (D)「一切都朝著一個嚴肅的目的而滾動著，進行著」意指命運的無情。

（　）7. 下列單詞解釋，何者錯誤？ (A)「蒔」田：時節 (B)田「隴」：田埂 (C)「磽」薄：土地堅硬貧瘠，音ㄑㄧㄠ (D)「茅茨」：雜草。

（　）8. 下列句子何者使用譬喻修辭？ (A)藍洋巾的尾帆 (B)水的無人能解的私語 (C)蒔田的人全俯著腰，背向青天，彷彿一隻隻的昆蟲 (D)牛在前面拉得十分有勁。

（　）9. 下列有關〈做田〉敘述，何者錯誤？ (A)做田，就是種田之意 (B)文中描寫中央山脈的景緻，是由低而高，由近而遠的方式，色彩十分鮮明 (C)做田內容包括插秧、施肥、灌溉、做田埂、砍除雜草等 (D)「蒔田的人全俯著腰，背向青天，彷彿一隻隻的昆蟲，然而這些昆蟲並不向前進，而是一隻隻的往後退著」敘寫農人努力插秧，工作勤奮。

（　）10.下列有關修辭的敘述，何者正確？(A)「山的倒影，靜靜地躺在注滿了水的田隴裡」——摹寫 (B)「天空清藍淨潔，恍如一匹未經漿洗過的丹士林布」——轉品 (C)「天和山都掛到頭上來了」——譬喻 (D)「一朵白雲在前面徘徊著」——轉化。

MEMO

第九課

父王

題解

本篇為記敘文，選自《來時路》。「父王」是指作者的父親，旨在描寫童年時敬畏父親不怒而威的臉龐；成年後，認為父親幽默的語言、堅忍的性情，深具「王者」氣度，展現作者的孺慕之情。

作者

蕭水順，筆名蕭蕭，臺灣省彰化縣人，民國三十六年（西元一九四七年）生。臺灣師範大學國文研究所碩士，曾任教於明道大學。

蕭水順之散文，曾獲金鼎獎、中興文藝獎章、中國文藝協會獎章。其散文不但紀錄台灣光復後的農村生活，也以因材善誘的智慧，開拓師生互動的空間，為散文另闢校園文學的蹊徑。著作有詩集《悲涼》，散文集《來時路》、《太陽神的女兒》及評論《現代詩導讀》、《現代詩學》等。

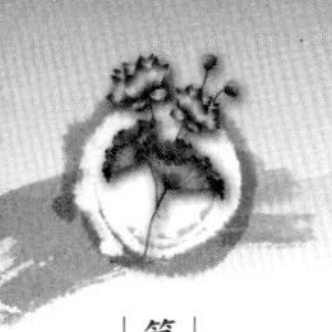

【課文】

大哥：

最近父王常感頭昏，醫生也未說明原因，目前正在吃藥，略有好轉跡象，父王要你們不必掛意。

你需要的玄天上帝①護身符，父王已在昨天深夜求得，縫好香囊，再讓美暖為你帶去。父王交代：一定要掛在車內顯眼的地方，不可帶進廁所等不潔之處，請注意。

二弟謹上

弟弟的來信，十幾年來大約都是這樣，「挾天子以令諸侯②」，他的信中一直稱父親為父王。國父說：民國的建立，就是要讓全國四萬萬五千萬同胞都當皇帝。所以，「朕③」以為弟弟這樣稱呼父親，實在是最恰當不過了。

在我們「宮④」中，父親真的就是父王，從小我們都怕父親，老鼠看見貓那樣。

小時候，我因為上面有祖母頂著，總算還有個避風的港灣；弟弟們長成時，祖母已經駕崩⑤，我們完全失去可以依傍的蔭佑⑥。不過，也從這一年，我們發現父親好像也失去了他精神上的某一個依據，也有落寞、無言的時候。

不知道為什麼會那麼怕父親。直到來到女子學校以後，學生要求我永遠保持微笑，說她們怕見我不笑的臉，我才想起父親的臉也是這樣「不怒而威」。怪不得前些日子有個女孩子說我的臉很有「氣派」，同是這樣有氣派的臉，使我們小時候永遠「立正」跟父親說「是」。

我們難得看見父親笑，雖然父親的臉上有個很深的酒渦，笑起來好像一朵花在水池子裡漾起漣漪。

我們難得看見父親笑，雖然父親口中有著兩排潔白無比的牙齒，笑起來好像黑人牙膏的廣告。

不過，我們常聽到他跟厝邊隔壁⑦的阿伯阿嬸聊天時，那幾聲宏亮的笑聲，真的像山寺裡的鐘響。

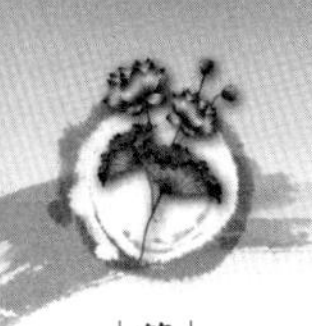

其實，不止我們怕他，鄰居的小孩也怕他。哭個不停的小孩，看到父親走過來，嚇得連哭聲都吞回去。如果父親再衝著他露齒一笑，這個孩子往往不知所措，要等父親走得很遠很遠了，好像忽然想起什麼，哇的一聲，驚天動地，哭了起來。

除了我們兄弟，父親不曾對誰兇過。父親兇起來，講話都非常簡短，訓詞也很扼要，一聲「站好」，就足夠我們反悔好久了。有一次，我們一大群小孩在玩，我打了一下弟弟，剛好被他看見，他氣極了，喊了一聲「過來」，除了我和弟弟以外，竟然還有三個小朋友也臉色蒼白地跟著跑過去，挺挺地站在他面前。

叱吒則風雲變色⑧！

不過，獅子不一定常發威。父親說：「常常大小聲的一定不是獅。獅，是深山林內⑨的獅；知，是心肝內的知。」這幾句話是用臺灣話說的，我很喜歡，所以記得十分清楚。獅子不會常發威，真正的「知」也不是時時掛在口頭上。刻刻向別人炫耀的，那不是真知，不是大智。所以，小時候，父親就是我的天。我不知道天有多高，天有多大，因為父親的「知」藏在他的心肝內，偶而透露一點，對我來說，那就是一片森林。

直到今天，我還常常在課堂上引述他說的話，不能不珍惜那話語中的一草一木。

我是長子，每次祭拜祖先時，都指定我跟在身邊學他燒香、燒金⑩，學他口中唸唸有詞。只是到現在，我還不知道他跟祖先嘀咕什麼。每次我都祈禱：「神啊，祖先啊！保庇阿媽、爸爸、媽媽身體健康，保庇我會讀書。」把這兩句輕聲念完，斜過眼睛看看父親，他還在唸唸有詞，我只好再請神啊祖先啊保庇阿媽、爸爸、媽媽身體健康。重復了好幾遍，祖先都快要不耐煩了，父親的祈禱詞還沒說完。我不能不承認：父親比我有學問多了！

有一次忍不住問他：

「阿爸，你都跟神說什麼？」

「求神保庇咱大家啊！求神給咱們國泰民安啊！」

風調雨順、國泰民安，這樣的成語不是從書本上認得的，而是父親傳授給我的。人、神、家、國，好像從一炷⑪香的裊繞裡，那樣諧和地融揉在一起。我學不來父親那麼長的祈禱詞，但我學會他的虔誠，學會他的國泰民安。

每次自我介紹，往往我這樣開始：「我姓蕭，我爸爸也姓蕭，所以我叫蕭蕭。」這是開玩笑的話。接下來，我總鄭重其事地說，慢慢地說：「我是，農夫的兒子。」

士農工商，誰是四民之首，我沒有特別的意見，但我以父親是農夫為榮。雖然父親很可能是四千年來我們蕭家最後一代的農夫，雖然，我一點都不像拿鋤頭長大的人。但我時時警惕自己，要能挺得直、挺得住，要能彎下腰工作，要能吃得了苦，耐得住寂寞。

我最羨慕父親身上那一層韌皮。古銅色的肌膚真是農夫的保護色，那是太陽炙烤的、雨淋的、風刮的。

光滑的韌皮，蒼蠅、昆蟲不能停留，蚊蚋⑫不知如何叮咬；睡覺時，從來不曾掛過蚊帳、點過蚊香，光裸的背肌、臂膀，平滑得像飛機場，只是蚊蠅卻永遠無法下降。

那真是發亮的背肌，一堵不畏風寒的牆。

手腳上的厚繭又是一番天地。不論怎麼撕，依然胼胝⑬滿掌，特別是腳掌上的厚繭幾乎已成了鞋一樣的皮，甚至於龜裂⑭出很深的痕。我曾看見父親以剪刀修剪那層厚皮，彷彿在裁剪合身的衣物。

「阿爸，這樣不會痛嗎？」

「怎麼會痛？這是死皮。」

一層血肉皮膚，如何踩踏出另一層死皮？礫⑮石、炙陽、凍霜，不盡的田間路，來回的踩踏，我不曾看見父親皺眉、歎氣。父親不怕冷、不怕凍、不怕霜。再寒，也是赤著一雙大腳在田埂間來來去去。他常說：

「沒衫會冷，我有一襲『正』皮的衫啊！」

這樣開朗而幽默的話，當然多少也遺傳了一些給我。每次穿著那件仿製的皮外套，總有人問我是不是真的皮衣，我的答案斬釘截鐵：「真皮——」，相當肯定：「——真正塑膠皮。」

所以，就父親而言，皮已如此，牙齒就更不必說了。他永遠不能想像牙齒會痛，他說：

「騙人不識，不曾聽過石頭會痛的！」

牙齒像石頭那樣堅硬，怎麼會痛？到現在他還不知道什麼叫做牙齒痛——這一點，好像我的學問比他大些。

只是，面對父王，我又囁嚅⑯了。

我不敢跟他形容牙齒疼痛的樣子，我漸漸學他忍耐人生苦痛的那一分毅力。

【注釋】

①**玄天上帝**　道教的神明。

②**挾天子以令諸侯**　原指挾制皇帝，並用其名義來命令諸侯，語出《戰國策．秦策》，此指藉父親之名義向作者說話。挾，強令迫使，音ㄒㄧㄝˊ，又讀ㄒㄧㄚˊ。

③**朕**　秦以前，不論尊卑皆自稱「朕」；秦滅六國以後，始為天子之自稱。音ㄓㄣˋ。

④**宮**　房屋的通稱，秦、漢以後，定為至尊所居之稱。此指「家」的意思。

⑤**駕崩**　天子死亡的諱稱，駕，尊稱天子；崩，天子死亡。

⑥**蔭佑**　庇護保佑。蔭，庇護，通廕，音ㄧㄣˋ。

⑦**厝邊隔壁**　臺語，指鄰居。厝，家、房屋，音ㄘㄨㄛˋ。

⑧**叱吒則風雲變色**　形容威風氣概，足以左右世局，語出唐朝駱賓王〈為徐敬業討武氏檄〉，後濃縮為成語「叱吒風雲」。叱吒，怒斥聲，音ㄔˋ　ㄓㄚˋ。

⑨**深山林內**　深山中，森林內。

⑩**燒金**　臺語，即燒紙錢。紙錢上或貼金色，或貼銀色紙箔。

⑪**炷**　用來點燃之物，音ㄓㄨˋ。

⑫**蚋**　蚊類的小蟲，音ㄖㄨㄟˋ。

⑬**胼胝**　手足因勞動摩擦而生的厚皮，在手是胼，在腳是胝，音ㄆㄧㄢˊ　ㄓ。

⑭**龜裂**　皮膚因受凍而裂開，龜，音ㄐㄩㄣ。

⑮**礫**　碎石子，音ㄌㄧˋ。

⑯**囁嚅**　欲言又止的樣子，音ㄋㄧㄝˋ　ㄖㄨˊ。

研析

本文依文意可分六大段：第一大段從二弟來信到「實在最恰當不過了」，說明二弟以「父王」稱父親的由來。第二大段從「在我們『宮』中」到「叱吒則風雲變色」，描寫童年時作者兄弟與鄰居小孩都害怕父親的情境。第三大段是「不過，獅子不一定常發威」一段，藉父親的話，呈現作者從小至今的敬仰。第四大段從「我是長子」到「學會他的國泰民安」描寫父親祭祖時的虔誠敬意。第五大段從「每次自我介紹」到「耐得住寂寞」，寫自己以父親是農夫為榮，並自我警惕要能吃苦耐勞。第六大段從「我最羨慕父親身上那一層韌皮」到文末，藉由父親的韌皮、胼胝、牙齒，表現其健朗堅忍的性情。

本文寫作技巧有三：一是首尾呼應，文章以「最近父王常感頭昏」起頭，末段以「面對父王，我又囁嚅了」收尾。二是文體變化，先以書信開頭，再以散文敘述父親的王者形象。三是修辭技巧，例如「飛白」，是把語言中的方言、俗語，加以援用，文中作者使用不少台語語詞，用於敘述可以增加親切感，用於對話可以使語氣更為傳神，如「厝邊隔壁」；又如「譬喻」，是以一事物類似點來比方說明另一事物，如「父親的臉上有個很深的酒渦，笑起來好像一朵花在水池子裏漾起漣漪」。

（　）1. 「厝邊隔壁」屬於哪一種修辭法？　(A)譬喻　(B)頂真　(C)轉化　(D)飛白。

（　）2. 作者家中發生何事後，他發現父親也有落寞、無言的時候？　(A)祖母過世　(B)二弟來信　(C)父王常感頭昏　(D)鄰居小孩在哭。

（　）3. 形容威風氣概，足以左右世局的成語是？　(A)胼手胝足　(B)驚天動地　(C)叱吒風雲　(D)質性自然。

（　）4. 作者藉由何事學習父親「忍耐人生苦痛的那一分毅力」？　(A)胼手胝足　(B)祭拜祖先　(C)沒衫會冷　(D)牙齒痛。

（　）5. 作者父親說：「沒衫會冷，我有一襲『正』皮的衫啊！」，所謂「正皮的衫」是指？　(A)皮膚　(B)仿製皮　(C)牛皮　(D)塑膠皮。

(　　) 6. 請選出作者描述童年時害怕父親的例句：(A)我不敢跟他形容牙齒疼痛的樣子 (B)父親一聲「站好」，就足夠我們反悔好久 (C)獅，是深山林內的獅 (D)沒衫會冷，我有一襲「正」皮的衫。

(　　) 7. 下列「　」內之語詞，何者為誤？(A)父王交「代」 (B)像山寺裏的「鐘」響 (C)也有落「寞」、無言的時候 (D)從一「柱」香的裊繞裏。

(　　) 8. 下列音義，何者正確？(A)挾，強令迫使，音ㄒㄧㄝˊ (B)蔭，庇護，音ㄧㄣ (C)厝，錯誤，音ㄘㄨㄛˋ (D)礫，碎石子，音ㄌㄜˋ。

(　　) 9. 作者認為什麼顏色的肌膚是農夫的保護色？(A)淺黃色 (B)古銅色 (C)淡綠色 (D)鵝黃色。

(　　) 10. 「風調雨順，國泰民安」的成語，作者從何處認得？(A)祖先 (B)上帝 (C)父親 (D)書本。

第十課

真實的快樂與滿足

題解

本篇為論說文，選自《理應外合》。作者藉由學生山地服務的經驗，闡述唯有透過自己的心力、勞力換來的快樂，才能帶來心靈深刻的滿足；為他人服務所帶來的感動，才是心靈最豐美的糧食。

作者

洪蘭，福建同安人，民國三十六年（西元一九四七年）生。臺灣大學法律系畢業，美國加州大學實驗心理學博士。現任中央大學認知神經科學研究所所長、陽明大學神經科學研究所教授。研究領域包括：認知心理學、語言心理學、神經心理學與神經語言學。研究、教學之餘，除了致力於科普的推廣之外，另尤積極關注教育改革與深耕閱讀活動。譯有《語言本能》、《揭開老化之謎》、《透視記憶》、《腦內乾坤》、《教養的迷思》、《基因複製》等三十餘種。著有《講理就好》系列書籍。

課文

我帶學生去山地服務，下山時，跟一位新加入的同學聊天，問她為什麼會參加，她說她的室友說做好事比做可以帶來快樂的事更快樂，她不信，所以上山來體驗一下。我很好奇這一代年輕人心目中哪些事可以帶來快樂，她毫不猶疑地說出一大串：哈啦、血拼、看電影、逛夜市……。那麼，做好事呢？她遲疑了一下，然後說：「有意義的事。」我微笑了，這孩子看到了重點。

她說今天上山來服務原是抱著郊遊的心情，為了怕中午的飯菜不好，她背包裡還放了一些乾糧，但是她開始教一個孩子英文，別的孩子都圍過來，很熱切的希望學，嘴巴張得大大的跟著她念，她突然覺得自己很有用，過去求學的挫折完全一掃而空。學生學得很起勁，她教得更起勁，不知不覺就到了中午。營養午餐是二菜一湯，她吃了二碗，完全忘記背包中的私房菜。下午她替國中組補數學，發現自己還會二元一次方程式①，覺得很有成就感。下山時，她把背包中所有可以吃的都掏出來給小朋友，雖然背包很空，心卻覺得很滿。她也給我看小朋友為她畫的素描，每一張都是上揚的嘴角，她好久沒有這樣一直笑了。

她說她的室友是對的，她以前覺得只有消費才會快樂，但是她今天一毛錢都沒有花也很快樂。她以前曾經參加過一些自我成長的工作坊，發現一直強調接觸自己內在感覺反而使自己變成自戀的水仙花②，每天只關心自我感覺如何。今天她換了一個角度去想別人的感覺如何時，她覺得比較快樂。她下次會把買不必要東西、說不必要話的時間，節省下來做山地服務。

她看到的其實就是我們一直想告訴學生的：愉悅是生理的飽和，而滿足是心理的成長。現在的社會太強調個人主義③，只要我喜歡，有什麼不可以，結果反而造成更多的空虛。人生有很多東西是要自己奮鬥得來才有意義，同樣是吃飯，自己賺來的就跟別人施捨的感覺完全不同。賓州大學的講座教授馬汀・賽利格曼④在《真實的快樂》(Authentic Happiness)一書中講過一個故事：他的老師養了一隻稀有的亞馬遜蜥蜴當寵物，一開始時，牠不肯吃東西，不論是生菜、碎肉、水果，甚至替牠去戶外捉活的蒼蠅和昆蟲都不肯吃，眼看著就要餓死了，有一天，這位老師一邊吃午餐一邊看報紙，看完順手一扔，把報紙蓋在原本替牠準備的食物上面，這隻蜥蜴一看見，立刻匍匐⑤前進，跳上報紙，把它扯碎，一口把報紙下的食物吞下。原來蜥蜴一定要匍匐潛行⑥、撕裂，然後才能進食，假如牠沒有這樣，就不會想吃東西，其實有很多動物都是一日不做，

一日不食。人也是一樣，不是自己心力、勞力換來的快樂都是暫時的，心靈的飢餓是物質填不飽的。

看到現在青少年憂鬱症這麼嚴重，或許我們應該少出一點功課，多一點時間讓孩子有機會去接觸他人，替別人服務，換取心靈的糧食。

注釋

① **二元一次方程式**　數學名詞。一個式子裡含有兩個未知數，最高次方為一次方，所構成的方程式。

② **自戀的水仙花**　自戀，自我陶醉的行為或習慣。水仙花，自戀的代名詞。傳說少年納西瑟斯(Narcissism)是希臘神話中河神和仙女的兒子，他英俊瀟灑、風度翩翩。回音女神艾芙(Echo)愛上了他，向他求愛被拒，艾芙(Echo)絕望而死。她的死引起了諸神對納西瑟斯的不滿，因而懲罰他，讓他愛上自己水中的倒影。納西瑟斯沉醉於自己水中的倒影不能自拔，憔悴至死，化為水仙花。此後，納西瑟斯或水仙花，成了自戀的代名詞。

③ **個人主義** 認為個人利益應是決定行為的最主要因素，強調個人自由的重要性，以及自我獨立的美德，是一種道德的、政治的和社會的哲學。社會由群體所構成，若過分強調個人利益，往往忽略了公義，這是個人主義者經常被詬病之處。

④ **馬汀・塞利格曼** 馬汀・塞利格曼(Martin E. P. Seligman)博士，是賓州大學心理系的教授，曾任美國心理學會(APA)主席，獲得許多學術界大獎。《真實的快樂》一書，是塞利格曼的暢銷著作，由洪蘭教授翻譯。塞利格曼在《真實的快樂》中指出，快樂是由三項要素構成：「享樂（引人開懷的生活經驗）、參與（對親友、工作、愛情與嗜好的深層投入）、意義（發揮個人長處，為超乎個人的目標努力）」。三項要素之中，自然以「享樂」最為膚淺短暫，「參與」和「意義」方能持之以恆。塞利格曼說：「有太多人的生活是以追求享樂為目的，然而參與和意義的重要性遠高於享樂。」

⑤ **匍匐** 手足伏地爬行。音ㄆㄨˊ ㄈㄨˊ。

⑥ **潛行** 暗中行動。

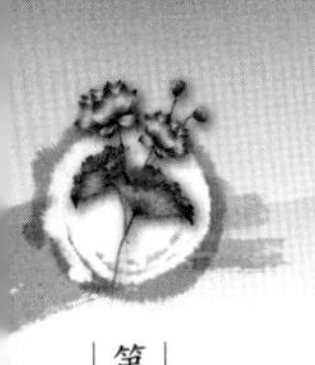

研析

本文透過「即事明理」的寫作方法，藉由事例的對照、分析，探討快樂的層次與內涵。第一段以參加山地服務的學生經驗談為開端，牽引出主題「做好事比做可以帶來快樂的事更快樂」；接著分辨「做好事」與「做可以帶來快樂的事」二者的差異，明確指出「做好事」就是「有意義的事」。

第二、三段承首段，說明「有意義的事」的事例及內涵。去山地服務，付出心力、勞力，敞開心胸迎接別人的微笑與感動，不僅忘掉自己的挫折感，同時更建立成就感，這種快樂遠比玩樂更有意義。

第四段援引生物科學的例子印證，將觀點再進一步深入，闡明付出心力、勞力的服務所帶來的快樂與滿足，是踏實的心理成長，不似生理的愉悅短暫；不管是快樂或成就的取得，唯有透過自己奮鬥才有意義，也才能持久深刻。

末段總結，期許這樣的服務精神能融入教育中，以救時下青少年心靈空虛、憂鬱之弊。本篇文章淺近，卻富含對青少年的熱切關懷及實用價值。

習題

（　）1.〈真實的快樂與滿足〉一文選自？ (A)《理應外合》 (B)《語言本能》 (C)《講理就好》 (D)《教養的迷思》。

（　）2. 本文作者認為如何才能獲得真實的快樂與滿足？ (A)及時行樂 (B)學習動物的技能 (C)為他人服務 (D)展現團隊精神。

（　）3.「個人主義」經常被詬病之處為何？ (A)過分強調個人，忽略公義 (B)英雄主義 (C)追求自由 (D)自我獨立。

（　）4. 自戀、自我陶醉的行為或習慣，經常以哪一種花為代稱？ (A)玫瑰花 (B)百合花 (C)水仙花 (D)蓮花。

（　）5. 本文作者認為，青少年該如何做才能換取心靈的糧食？ (A)豐富的物質生活 (B)勞心勞力，服務他人 (C)認真賺錢、努力消費 (D)更加寵愛自己，不讓自己受苦。

（　）6.「背包很空，心卻覺得很滿」所用的修辭法為？ (A)映襯 (B)譬喻 (C)雙關 (D)轉化。

（　）7.本文所說「有意義的好事」，指的是什麼？ (A)社區服務 (B)交朋友 (C)考大學 (D)哈啦、血拼。

（　）8.「匍匐」的注音為？ (A)ㄆㄨˊ ㄈㄨˊ (B)ㄆㄨ ㄈㄨˇ (C)ㄆㄨ ㄈㄨˊ (D)ㄆㄨˇ ㄈㄨˊ。

（　）9.本文作者舉出「亞馬遜蜥蜴」為例，要說明什麼道理？ (A)生物演化的科學成就 (B)落後地區的困境 (C)國際志工的需求地區 (D)自己勞心勞力奮鬥得來的東西才有意義。

（　）10.「只要我喜歡，有什麼不可以」這種想法是什麼思維？ (A)水仙花情結 (B)伊底帕斯情結 (C)個人主義 (D)犬儒主義。

附錄一

應用文——書信

應用文是指能夠切合實用的文體。廣義的應用文，包括古今全部的文章；狹義的應用文是指個人或機關團體就特定目的而寫作，具有一定格式的文章。

劉勰《文心雕龍・書記篇》：「書者，舒也，舒布其言，陳之簡牘。」因此，所謂書信就是將心中的思想和情感，表述於箋紙之上，向特定對象傾訴的應用文。

一封信可分為兩部分：信封和信箋，寫在信封上的文字叫封文，信箋上的叫箋文。

一、信封結構

（一）直式書寫

信封通常有一定的格式，中式標準信封是直行，信封上中間印有長方型的紅色線框。其結構可分為三部分：1.框右欄，含受信人郵遞區號、地址；2.框內欄，含受信人姓名、稱呼、啟封詞；3.框左欄，含發信人地址、姓、緘封詞和郵遞區號。

104-76

臺北市中山區新生北路一段5號

吳辰年先生　大啟

臺北市內湖區康寧路三段1號

鄭緘

114-45

郵票正貼

（二）橫式書寫

1. 發信人的郵遞區號、地址、姓名橫寫於左上角部位，或信封的背面。
2. 受信人的地址寫在橫封的中央，自左向右；郵遞區號橫寫於地址的上面一行。
3. 受信人的姓名、稱呼、啟封詞，寫在地址的下面一行。
4. 郵票貼在右上角。

（三）明信片

明信片的結構和信封相同，但明信片不封口，所以，框內欄不用啟封詞，改用「收」字，框左欄不用緘封詞，改用「寄」字。不過，正式的、給長輩的書信切忌使用明信片。

（四）注意事項

1. 如須寫受信人服務機構，其位置在右欄地址之左，高度與受信人的姓齊平。

2. 受信人的姓、名、稱呼、啟封詞必須在信封的正中書寫，其組合方式如下：

吳辰年先生　大啟

（例一）

吳辰年課長　大啟

（例二）

吳課長辰年　大啟

（例三）

吳課長辰年　大啟

（例四）

這四種寫法都是正確的，而禮貌意味依次加濃。例四之名採側右略小的側書方式，是對受信人表示尊敬、禮貌，有不敢直呼對方名字的意思。

3. 啟封詞是對受信人說的，通常有兩個字，末字是「啟」字，上一字須配合發、受信人的關係而定。書寫時，啟封詞首字應與上一字略有間隔，以示敬意。

4. 緘封詞是給受信人看的，受信人若是長輩要用「謹緘」，若是平輩或晚輩則用「緘」。

二、信箋結構

（一）信箋項目

信箋的結構順序，可以分為三段十三個項目，但是，並非每封箋文都要具備，可依人、事情況加以斟酌，茲舉一例說明如下：

菁菁學姊硯右：久疏箋候，時深馳念。敬啟者，本月初二，妹有蘭陽之行，在田園山水之間，體味其民情風俗；礁溪溫泉，滌盡塵垢，乃此行一大樂事。臨別特購手工木雕水牛兩隻，造型樸拙可愛，鑑賞再三，不忍獨有，謹奉贈吾 姐共享其美，敬祈 哂納。特此，順頌

時棋

妹 鄭明明再拜〇月〇日

舍妹附筆候安

令堂乞代請安

木雕一座，另郵寄。

再者：陽明山花季美不勝收，盼能北上共遊。又啟。

1. 稱謂：「菁菁學姊」屬之。這是對受信人的稱呼，在信箋第一行最高位置。
2. 提稱語：「硯右」屬之。這是請求受信人查閱箋文的意思，緊接稱謂書寫，下加冒號「：」。現行書信通常不太使用提稱語。
3. 開頭應酬語：「久疏箋候，時深馳念」屬之。這是述說正情之前的客套話，有如朋友見面時的寒暄。若開門見山，直接說正事，不用開頭應酬語也可以。
4. 啟事敬詞：「敬啟者」屬之。這是抒寫正事前的發語詞，現行書信多已不用。
5. 正文：從「本月初二」到「共享其美」屬之。這是箋文的主體，撰寫時力求語氣誠懇、條理清楚。現行書信若不用啟事敬詞，可另行空兩格書寫。
6. 結尾應酬語：「敬祈　哂納」屬之。以配合正文或雙方關係為原則，也可以不用。
7. 結尾敬語：「特此，順頌　時棋」屬之。這是箋文結束時向受信人表示禮貌的意思。「特此」叫敬語，現行書信往往省略；「順頌　時棋」叫問候語，問候語中的「○棋」二字須另行頂格書寫。

8. 自稱、署名、末啟詞：「妹 鄭明明再拜」屬之。在問候語「時棋」下同行或另行書寫，其高度不超過信箋直行的二分之一。自稱依相互關係而定，側右略小書寫以表達謙遜。

9. 寫信時間：「〇月〇日」屬之。可在末啟詞左下、正下方，成一行或兩行書寫。

10. 並候語：「令堂乞代請安」屬之。這是請受信人代向他人問候，書寫位置在問候語的次行；如被問候者為受信人的平輩或晚輩，則首字應比「時棋」稍低，若為長輩，則與「時棋」齊平。正式書信，不宜附並候語。

11. 附件語：「木雕一座，另郵寄」屬之。其位置在並候語次一行，略低書寫，如無並候語，則在問候語次一行，略低書寫。無附件則省略此項。

12. 附候語：「舍妹附筆候安」屬之。這是發信人的家人或朋友附筆向受信人問候。位置在署名的左側，高度依附候人輩份而定，如為發信人長輩，則在署名左側略高處書寫。正式書信，以不附附候語為宜。

13. 補述語：從「再者」到「又啟」屬之。這是用來補充箋文遺漏的。正式書信，以不附補述語為宜。

（二）注意事項

1. 撰寫書信時，措辭要得體，行文要簡明，格式要恰當。
2. 箋文中的「抬頭」是表示尊敬。常見的格式有平抬、挪抬兩種。平抬是將抬頭的字另行頂格書寫，挪抬則是將抬頭的字空一格在原行書寫。
3. 將字在行右略小書寫謂之「側書」，用以代抬頭，表示敬意，也可用以表示謙遜、不敢居正之意，如信封中欄將受信者的名或字、號側書即是。箋文中自稱或稱與自己有關的事物、卑親屬，都要側書。
4. 信紙可先直立左右對摺，使箋文在外，而後從下方向後向上摺。裝入信封時，使受信人的稱謂緊貼信封正面。

三、書信用語簡表

類別	對象	稱謂	提稱語	啓事敬詞	敬語	問候語	自稱	末啓詞	啓封詞
家族	祖父 祖母	祖 父 母 大人	膝下 膝前	敬稟者 謹稟者	耑肅 肅此	敬請□福安 敬請□金安	孫 孫女	謹稟 叩上	福啟
	父親 母親	父親大人 母親大人	膝下 膝前	敬稟者 謹稟者	耑肅 肅此	敬請□福安 敬請□金安	男（兒） 女	謹稟 叩上	安啟
	伯（叔） 父 母	伯（叔） 父 母 人大	尊鑒 賜鑒	敬稟者 謹稟者	肅此 敬此	敬請□崇安 敬頌□崇祺	姪 姪女	謹上 拜上	
	兄 嫂	○哥 ○嫂		敬稟者 謹稟者	敬此 謹此		弟 妹	謹上 敬上	大啟 台啟
	弟 弟婦	○弟 ○○妹	惠鑒 雅鑒	茲啟者 啟者	耑此 草此	順頌□時祺 即頌□近佳	兄 姊	手書 手啟	
	姊	○姊	尊鑒 賜鑒	敬啟者 謹啟者	敬此 謹此	敬請□崇安 順頌□時綏	弟 妹	謹上 敬上	
	妹	○妹	惠鑒 雅鑒	茲啟者 啟者	耑此 草此	順頌□時祺 即頌□近好	兄 姊	手書 手啟	
	夫	○○夫君 ○○夫子	大鑒 偉鑒	敬啟者 謹啟者	耑此 特此	敬請□台安 敬頌□時祺	妻 妹	敬啟 拜啟	

類別	對象	稱謂	提稱語	啓事敬詞	敬語	問候語	自稱	末啓詞	啓封詞
家族	妻	○○吾妻 ○○妹	惠鑒 雅鑒	敬啟者 謹啟者	耑此 特此	順請□妝安 順請□闈安	夫 兄	頓首 再拜	大啟 台啟
	兒 女	○○兒 ○○女	知之 收悉		此諭		父 母	字 示	收啟
	媳	○○賢媳	如晤 英覽		手此 草此	即問□近安 順問□近祺	愚舅（父） 愚姑（母）	手書 手啟	
	姪 姪女	○○賢姪 姪女	青鑒 青覽				伯（叔） 伯（叔）母	手書 手字	
	孫 孫女	○○吾孫 ○○孫女	知悉 收悉		此諭		祖 祖母	字 示	
親戚	外祖父 外祖母	外祖父大人 外祖母	尊前 尊右	敬肅者 謹肅者	肅此 敬此	敬請□福安 敬頌□福綏	外孫 外孫女	拜上 敬上	福啟
	姑丈 姑母	姑父大人 姑母				敬請□崇安 敬頌□崇祺	姪 姪女		安啟
	舅父 舅母	舅父大人 舅母					甥 甥女		
	姨父 姨母	姨父大人 姨母					姨甥 姨甥女		
	岳父 岳母	岳父大人 岳母	賜鑒 侍右				子婿 婿		

類別	對象	稱謂	提稱語	啓事敬詞	敬語	問候語	自稱	末啓詞	啓封詞
親戚	姊夫	○○姊丈	台鑒、大鑒	敬啟者、謹啟者	耑此、謹此	敬請□台安、順頌□時祺	內弟（弟）、姨妹（妹）	頓首、拜啟	台啟、大啟
	表兄、表嫂	○○表兄、表嫂					表弟、表妹		
	外孫、外孫女	○○賢外孫、外孫女	青覽、青鑒		手此、草此	即問□近好、順問□近佳	外祖、外祖母	手啟、手書	
	甥、甥女	○○賢甥、甥女					愚舅、舅母		收啟
	女婿	○○賢婿					愚岳、岳母		啟
世交	長輩	世伯（叔）父、母；仁（世）丈	尊鑒、尊右	敬啟者、謹啟者	肅此、敬此	敬請□崇安、敬請□鈞安	世姪、姪女；晚	拜上、謹上	鈞啟、賜啟
	平輩	○○吾兄（弟）、姊（妹）	台鑒、大鑒		耑此、特此	敬請□台安、順頌□時祺	弟（兄）、妹（姊）	再拜、頓首	大啟、台啟
	晚輩	○○兄、世台	雅鑒、惠鑒				愚	敬啟、手啟	啟
	同學	○○學長、學姊	硯右、大鑒	敬啟者、謹啟者			學弟、學妹	再拜、頓首	大啟、台啟

類別	對象	稱謂	提稱語	啓事敬詞	敬語	問候語	自稱	末啓詞	啓封詞
世交	朋友	○○仁兄 ○○仁姊	大鑒 台鑒	敬啟者 謹啟者	耑此 特此	敬請□台安 順頌□時祺	弟妹	再拜 頓首	大啟 台啟
	朋友夫婦	○○吾兄 ○○夫人	雙鑒			敬請□儷安 敬頌□儷祺			
師生	老師	○○吾師 ○○夫子	函丈 壇席	敬肅者 謹肅者	敬此 肅此	敬請□教安 恭請□誨安	受業 學生	拜上 敬上	安啟 道啟
	師母	師母	崇鑒 賜鑒			敬請□崇安 敬頌□崇祺	學生		
	師丈	○○師丈							
	男學生	○○學弟 ○○賢棣	如晤 雅鑒		手此 草此	即問□近好 即祝□進步	愚 愚師	手啟 手書	啟 大啟
	女學生	○○學妹 ○○女弟							
各界	學界長輩	○公校長 ○公教授	道鑒	敬肅者 謹肅者	肅此 敬此	敬請□鐸安	後學	敬上 謹上	鈞啟 勛啟
	政界長輩	○公局長	鈞鑒			敬請□鈞安			鈞啟 勛啟
	軍界長輩	○公將軍	麾下			敬請□戎安			
	商界長輩	○公董事長	賜鑒			敬請□崇安			鈞啟
	政界平輩	○○先生 ○○女士	惠鑒 閣下	敬啟者 謹啟者	專此 特此	順請□政安 順頌□勛祺	弟妹	拜啟 謹啟	台啟 大啟
	學界平輩	○○教授吾兄	雅鑒			順頌□文祺			

類別	對象	稱謂	提稱語	啓事敬詞	敬語	問候語	自稱	末啓詞	啓封詞
各界	軍界平輩	○○連長吾兄	麾下			順請□軍安			
	商界平輩	○○課長吾兄	大鑒			順請□大安			
方外	比丘	○○上人 ○○法師	方丈 有道	敬啟者 謹啟者	惠此 特此	敬請□道安 敬頌□道祺	信士 信女 弟子	拜啟 謹啟	道啟 大啟
	比丘尼	○○師太	道鑒						
	道士	○○法師	法鑒						
	神父	○○神父	有道 道鑒				主內		
	修女	○○修女							
	牧師	○○牧師							

【說明】

1. 稱謂欄中，凡「○」或「○○」，表示須寫受信人的名或字、號，如係家族，可稱其排行，如「二弟」、「大嫂」。
2. 問候語：問候語中的「□」，表示其下的字應另行頂格書寫。

3. 受信人有喜慶，提稱詞可用「吉席」；弔唁信，提稱語可用「禮席」、「苫次」，啟封詞可用「禮啟」、「素啟」；發信人居喪，提稱語可用「矜鑒」。

4. 稱人親族，加一「令」字，如「令千金」、「令尊」。

5. 稱人父子為「賢喬梓」，自稱「愚父子」；稱人夫婦為「賢伉儷」，自稱「愚夫婦」；稱人兄弟為「賢昆仲」、「賢昆玉」，自稱「愚兄弟」。

6. 凡稱自己家族親戚的尊輩，加一「家」字，如「家母」、「家兄」；卑輩加一「舍」或「小」字，如「舍妹」、「小女」。若已亡故，則「家」字改為「先」，如「先慈」；「舍」字、「小」字改為「亡」，如「亡弟」。

7. 「夫子」常為妻對夫的稱呼，女學生不宜用以稱呼男老師。

8. 「仁丈」、「世丈」指確有世交之誼，年長於己，行輩不易確定的對象。

習題

（　）1. 一封信可分為哪兩部分？ (A)框右欄和框左欄 (B)信封和信箋 (C)橫式和直式 (D)抬頭和側書。

（　）2. 緘封詞是給誰看的？ (A)受信人 (B)發信人 (C)送信人 (D)管信人。

（　）3. 受信人若有喜慶，提稱語可用？ (A)吉席 (B)天地 (C)手足 (D)自然。

（　）4. 關於問候語，何者正確？ (A)對父母可用「敬請　台安」 (B)對朋友可用「敬請平安」 (C)對祖父可用「敬請　鈞安」 (D)對老師可用「敬請　教安」。

（　）5. 關於側書，何者有誤？ (A)表示謙遜，不敢居正 (B)凡稱對方，都要側書 (C)表示敬意 (D)可用以代替抬頭。

（　）6. 信紙裝入信封時，何者正確？ (A)受信人的稱謂緊貼信封正面 (B)箋文在內 (C)信紙可隨意對摺 (D)要有叱吒風雲的氣勢。

（　）7. 信封中欄的寫法，何者最有禮貌？ (A)吳辰年科長　大啟 (B)吳先生辰年　大啟 (C)吳科長辰年　大啟 (D)吳辰年先生　大啟。

（　）8. 關於稱呼，何者正確？ (A)稱人夫婦為「愚夫妻」 (B)稱人父子為「賢喬梓」 (C)對人稱自己妹妹為「小妹」 (D)對人稱自己父親為「令尊」。

（　）9. 關於「抬頭」，何者正確？ (A)抬頭是表示抗議 (B)常見的格式有平抬、挪抬 (C)單抬空一格原行書寫 (D)挪抬是另行頂格書寫。

（　）10. 關於明信片之敘述，何者正確？ (A)給長輩可用明信片 (B)結構和信封不同 (C)不須寫郵遞區號 (D)框內欄不用啟封詞，改用「收」。

附錄二

文化基本教材：論語選（一）

題解

《論語》為語錄體，是儒家重要經典，全書以「仁」為倫理的總綱。「仁」，就是「愛人」，是人與人之間，始發於心而合乎禮節的表現。儒家強調一切依「禮」而行，「禮」代表外在的規範，「仁」代表內心的自覺，有了「仁」的基礎，才能使「禮」所規定的道德準則具有內在的力量。透過仁、禮結合，使道德與人格、生命聯繫在一起，這是儒家生命實踐的重要歷程。

孔子認為行「仁」的修為在「克己復禮」。「克己」是指克制自己的私慾，其工夫在「忠」；「復禮」是指合乎禮節，其工夫則在「恕」，而「忠恕」之道正是孔子學說的重要思想。因此，孔子的「仁」，由忠恕之心推廣而出，循著親疏、遠近關係的差異，從孝順父母推廣至汎愛眾人，形成「父子有親、君臣有義、夫婦有別、長幼有序、朋友有信」等五倫。五倫俱足，既可修己，又能安人。

孔子特別倡導「仁」的價值和作用，教導學生以堅忍卓絕的精神邁向「仁」的途徑，消極要做到「己所不欲，勿施於人」；積極要做到「己欲立而立人，已欲達而達人」。除此之外更努力勸諫為政者以「仁」為政，能達到了就是「德」政，這是至善的社會理想。

《論語》一書揭示人類內心活潑的良知，以及涵蓋豐富的生命智慧，亙古常新，值得後世不斷咀嚼反省。

【作者】

《論語》並非由孔子寫作完成，而是在孔子死後，由弟子與再傳弟子編纂而成。書中記載孔子應答學生、時人，以及學生彼此論說對問，直接或間接聞於孔子的話。

《論語》一書傳至西漢時，有三種不同的版本：一是《魯論語》二十篇，通行於魯國；二是《齊論語》二十二篇，通行於齊國；三是《古論語》二十一篇，相傳是漢景帝時，魯恭王壞孔子宅壁而發現。《齊論語》除了比《魯論語》多出〈問王〉、〈知道〉兩篇之外，同時二十篇章句也多於《魯論語》。這兩個版本都是以漢代通行文字隸書寫成，所以稱為今文經。《古論語》無〈問王〉、〈知道〉兩篇，而且篇次、章句內容和《魯論語》、《齊論語》多有不同，又因以先秦古文字書寫，故稱為古文經。西漢末年，安昌侯張禹以《魯論語》為主，融合《齊論語》，號稱「張侯論」，大概就是現今流傳的版本。東漢鄭玄依據「張侯論」，參考《齊論語》、《古論語》，作《論語》注，往後歷代各朝注釋不斷，逐漸演變為南宋朱熹所注的今本《論語》二十篇。每篇引首章首句取為篇名，這是多數先秦古籍命篇的通例。

修己

一

子曰：「過而不改，是謂過矣。」〈衛靈公〉

二

子曰：「見賢思齊①焉；見不賢而內自省也。」〈里仁〉

三

子曰：「巧言亂德②，小不忍則亂大謀③。」〈衛靈公〉

四

子曰：「鄉原④，德之賊也。」〈陽貨〉

五

子曰：「德不孤，必有鄰⑤。」〈里仁〉

六

子貢問曰：「有一言⑥而可以終身行之者乎？」子曰：「其『恕』乎！己所不欲，勿施於人。」〈衛靈公〉

七

子曰：「飯⑦疏食⑧，飲水，曲肱而枕⑨之，樂亦在其中矣。不義而富且貴，於我如浮雲。」〈述而〉

待人

一

子夏問孝。子曰：「色難⑩！有事，弟子服其勞；有酒食⑪，先生饌⑫。曾是以為孝乎⑬？」〈為政〉

葉公語孔子曰：「吾黨⑭有直躬⑮者，其父攘⑯羊，而子證之。」孔子曰：「吾黨之直者異於是。父為子隱，子為父隱，直在其中矣！」〈子路〉

曾子曰：「慎終追遠⑰，民德歸厚矣。」〈學而〉

四

子曰：「弟子入則孝，出則弟[18]，謹而信，汎愛眾[19]，而親仁。行有餘力，則以學文[20]。」〈學而〉

五

曾子曰：「吾日三省吾身[21]：為人謀，而不忠[22]乎？與朋友交，而不信乎？傳[23]，不習乎？」〈學而〉

六

子貢問友。子曰：「忠告而善道[24]之，不可則止，毋自辱焉。」〈顏淵〉

七

子曰：「可與言，而不與之言，失人㉕；不可與言，而與之言，失言㉖。知者㉗不失人，亦不失言。」〈衛靈公〉

【注釋】

①**見賢思齊**　看見賢人，也想要學習相同的善行。

②**巧言亂德**　聽了搬弄是非的花言巧語，容易敗壞德行。

③**小不忍則亂大謀**　小事不能忍耐，便會敗壞大事。

④**鄉原**　外貌忠厚老實，討人喜歡，實際上卻不能明辨是非的人。「原」同「愿」。音ㄩㄢˋ。

⑤**鄰**　本意為鄰居，在此引申為「親近」的意思。

⑥**一言**　一個字。

⑦**飯** 吃。

⑧**疏食** 粗米飯。疏，粗。

⑨**曲肱而枕** 彎曲手臂當枕頭，比喻安於貧困的生活。肱，手肘至手腕的部分。音ㄍㄨㄥ。枕，以頭枕物。音ㄓㄣˋ。

⑩**色難** 侍奉父母時，最難的是和顏悅色。

⑪**食** 飯。音ㄙˋ。

⑫**先生饌** 父兄先食用。先生，指父兄、長輩。饌，食用。音ㄓㄨㄢˋ。

⑬**曾是以為孝乎** 難道這樣就算是孝嗎？曾，難道。副詞。音ㄗㄥ。

⑭**黨** 古代的地方行政單位名稱。五家為鄰，二十五家為里，五百家為黨。

⑮**直躬** 以正直的態度立身行道。

⑯**攘** 偷竊。音ㄖㄤˊ。

⑰**慎終追遠** 慎重地辦理親長的喪葬，要合禮盡哀；祭祀祖先，要誠敬追思。終，指喪葬禮儀。

⑱ **弟** 同「悌」。敬重長輩。音ㄊㄧˋ。

⑲ **汎愛眾** 廣博地愛眾人。汎，廣博。

⑳ **文** 泛指知識、學問。

㉑ **三省** 多次自我反省。古人以三、九之數為多。

㉒ **忠** 竭盡自己的心力。

㉓ **傳** 老師所教授的課業。

㉔ **道** 同「導」。開導、勸導。音ㄉㄠˇ。

㉕ **失人** 錯過值得交談的人。

㉖ **失言** 說錯話。

㉗ **知者** 明智的人。「知」同「智」。音ㄓˋ。

修己

第一章孔子勉人改過。改過是向善之始，透過反省才能知過，知過方能改過，改過之後，才能在各方面有進步發展；若是知過不改，沉溺過錯中，即使求得豐富的知識技能，也難有大用。

第二章孔子勉人效法賢者，即自我反省。人生是一場漫長的馬拉松賽跑，要以賢者為榜樣，不斷檢視自己、持續反省自己，自我修練，直到終點。

第三章孔子指出「巧言」及「小不忍」的弊害。一個人想要增進品德，要學習分辨花言巧語、搬弄是非的話，建立明確的價值觀，否則整天和人言不及義、賣弄小聰明，不僅無益於品德，也浪費美好的青春時光；想要成就大事，要磨練出理性、堅韌的意志，才不至於因衝動或軟弱而壞事。

第四章孔子指出「鄉愿」敗壞道德。鄉愿的人，表面上似有忠厚和善的美德，但事實上卻是不能明辨是非、缺乏維護社會正義的勇氣，反而是和似是而非的世俗，同流合污了。這樣的人時至今日，仍是群體邁向理智文明的阻礙。

第五章孔子勉人修德。有道德的人不會被孤立，一定會有志同道合的人為伴，這樣才能發揮更巨大的、善的力量。

第六章孔子指出可以終身奉行的，就是恕道。人與人之間若能設身處地，為他人著想，就能形成善的循環，也就能建構一個充滿諒解包容的世界。

第七章孔子說明自己即使貧窮，也能堅持「義」的品德，而自得其樂。一個人在窮困的逆境時，往往是品德修養的大考驗；如果用不義的手段得到富貴，但卻良心難安，倒不如安貧樂道，品味自在的生命情調。

待人

第一章孔子教導學生孝親應和顏悅色，若僅是服勞、奉養，不足以為孝。孝順父母要能發自內心的關愛與敬意，如此形之於外，自然能和顏悅色，就如同父母慈愛照顧子女長大一樣；否則若只是提供衣食，態度平淡冷漠，那和豢養犬馬有何不同？

第二章孔子認為父子親情是天性人倫，應超越法律裁判。法律固然是社會秩序鞏固的基礎，但天性人倫卻是人類溫暖的根源，若連父子都能無視親情互相告發，那麼如此炎涼無情的人間社會，必然詐偽叢生，又豈是區區法律所能維護？

第三章曾子認為實踐孝道，可以培養德性，並進而教化人民。父母生前盡力侍奉，死後永遠追思緬懷，這才是孝道。人民心中長存孝道，社會風氣自然良善淳厚。

第四章孔子指出人應先重「孝、悌、謹、信、愛眾、親仁」六項品德，再求博學多聞。其實學問和品德可以並進，只是在品德尚未健全時，應付出比追求學問更多的努力，在品德的實踐上；否則空有強大的知識技能卻無品德，恐怕失去教育的意義了。

第五章曾子說明自己勤於自我省察，方能時時修正缺失。做事盡己，能獲得成就與肯定；做人誠信，能獲得溫暖的友誼與信任；求知要勤習，能獲得豐富踏實的知識技能。這三件事應能成就一個美好的人生，但一切要從反省開始。

第六章孔子談交友之道。盡心盡力給予朋友忠告，若朋友不能接受，那就安靜等待朋友醒悟。若是激烈爭吵，不僅無法解決問題，恐怕也會破壞了珍貴的友誼。

第七章孔子教人注重言談的對象，以免失人與失言。遇見值得深談交往的人，錯過了，就錯失學習的好機會，這是非常可惜的事。因此，學會分辨出值得深談交往的人，也就是「知人」，是一件很重要的事。

習題

（　）1.《論語》是：(A)儒家重要經典 (B)道家重要經典 (C)墨家重要經典 (D)法家重要經典。

（　）2.《論語》的篇章命名依據為何？(A)每篇引人名取為篇名 (B)每篇引年號取為篇名 (C)每篇引國名取為篇名 (D)每篇引首章首句取為篇名。

（　）3.「鄉原，德之賊也」，「鄉原」的意思為何？(A)外貌忠厚老實，討人喜歡，實際上卻不能明辨是非的人 (B)鄙俗之人 (C)鄉下人 (D)敦厚淳樸之人。

（　）4.「德不孤，必有鄰」，「鄰」是指：(A)鄰人 (B)親近 (C)鄰里 (D)同情。

（　）5.子貢問曰：「有一言而可以終身行之者乎？」子曰：(A)其『誠』乎 (B)其『情』乎 (C)其『恕』乎 (D)其『勤』乎。

（　）6.「曲肱而枕之」意謂：(A)安於貧困的生活 (B)輕視貧困的生活 (C)不愛富貴 (D)歎兼得富貴之難。

（　）7. 「色難！有事，弟子服其勞；有酒食，先生饌。曾是以為孝乎？」其中「色難」意謂？ (A)伺親要容貌端正 (B)孝親以和顏悅色最難得 (C)孝親不用娶美麗的太太 (D)伺親要善體心志。

（　）8. 葉公語孔子曰：「吾黨有直躬者，其父攘羊，而子證之。」孔子所認為的直躬者與之不同，那該當是如何呢？ (A)父為子隱，而子證之 (B)子為父隱，而父證之 (C)父子互證 (D)父為子隱，子為父隱。

（　）9. 曾子曰：「慎終追遠，民德歸厚矣」意謂？ (A)在上位者鄭重敬親孝親、喪祭之禮，能使民德淳厚 (B)在上位者應行禮樂教化，使民德歸厚 (C)在上位者用心政事，則民德歸厚 (D)在上位者若重視祭天地之禮，能使民德淳厚。

（　）10. 子曰：「可與言，而不與之言，失人；不可與言，而與之言，失言。知者不失人，亦不失言」意謂？ (A)要知人，才能不失人、不失言 (B)要言無不盡，才能知人 (C)失人即失言 (D)智者不與人言。

MEMO

MEMO

MEMO

MEMO

MEMO

MEMO

MEMO

國家圖書館出版品預行編目資料

國文/潘素卿,李宜靜,薛惠琪編著. -- 二版.
-- 新北市 : 新文京開發, 2019.08
冊 ; 公分

ISBN 978-986-430-532-2（第 1 冊：平裝）

1.國文科 2.讀本

836 108013170

國文（一）（第二版） （書號:E384e2）

編 著 者	潘素卿 李宜靜 薛惠琪
出 版 者	新文京開發出版股份有限公司
地 址	新北市中和區中山路二段 362 號 9 樓
電 話	(02) 2244-8188（代表號）
F A X	(02) 2244-8189
郵 撥	1958730-2
初 版	西元 2011 年 09 月 10 日
二 版	西元 2019 年 09 月 10 日

建議售價：285 元

法律顧問：蕭雄淋律師

ISBN 978-986-430-532-2

New Wun Ching Developmental Publishing Co., Ltd.

New Age · New Choice · The Best Selected Educational Publications — NEW WCDP

新文京開發出版股份有限公司
NEW WCDP
新世紀・新視野・新文京 — 精選教科書・考試用書・專業參考書